왜 남자들은
기를 쓰고
불행하게 살까?

남성의 자리 다시 찾기

김정대
예수회 사제. 1990년 예수회에 입회했고, 2000년 사제 서품을 받았다.
주로 노동문제와 사회정의 문제를 다루는 활동을 했고,
2004~2011년 노동자를 위한 술집 '삶이 보이는 창'을 운영했으며,
요즘은 남성들에게 감성을 일깨워주기 위한 활동을 고민 중이다.

왜 남자들은 기를 쓰고 불행하게 살까?

2023년 4월 11일 교회인가
2023년 7월 10일 초판 2쇄 발행

지은이 | 김정대
편집　 | 이만옥
디자인 | 지화경
펴낸이 | 이문수
펴낸곳 | 바오출판사

등록 | 2004년 1월 9일 제313-2004-000004호
주소 | 고양시 일산동구 일산로 205, 204-402
전화 | 031)819-3283 / 문서전송 02)6455-3283
전자우편 | baobooks@naver.com

ISBN 978-89-91428-43-0 03810

왜 남자들은 기를 쓰고 불행하게 살까?

김정대 지음

한국가톨릭문화연구원

❹

남성의 자리 다시 찾기

사회 변화는 보통 내부에서 시작됩니다. 내부에서 축적된 변화의 욕구들로 더 이상 견디기 힘들 때 외부로 표출됩니다. 그리고 외부로 나타난 변화는 저항을 통해 순화되고 조정되어 사회의 제도로 자리 잡는 것이 일반적입니다. 그러나 꼭 그렇게 진행되는 것만은 아닙니다. 가끔은 변화를 희망하지만 그 욕구가 무르익기도 전에 피해갈 수 없는 외적 환경이 사회의 변화를 이끌어내기도 합니다. 전 세계를 휘몰아쳤던 코로나 팬데믹이 바로 그러한 사례입니다.

우리는 이제 막 팬데믹 시대를 벗어나고 있습니다. 그동안 수많은 학자들이 예견했던 이른바 '뉴노멀'이라는 새로운 기준을 찾아가는 시점입니다. 문화는 항상 변화하고 있으며, 그 중심에는 현실에서 삶을 살아가는 우리가 있고 사회의 흐름이 있습니다. 그러므로 '뉴노멀'이라는 새로운 문화의 기준이 정착할 때까지는 많은 혼돈과 어려움이 있을 것으로 예상됩니다.

1985년 8월 김수환 추기경님의 후원으로 설립한 '한국가톨릭문화연구원'에서는 팬데믹으로 나타나는 변화의 방향을 가

늠해보고자 2020년 평화방송과 공동으로 〈팬데믹과 한국 가톨릭교회〉라는 주제로 심포지엄을 개최한 바 있습니다. 변화된 시대는 새로운 선교방식과 사목 패러다임을 요구합니다. 그리고 이를 위해서는 우리 삶의 모든 분야 곧, 삶의 실제적 상황에서 일어나는 시대적 징표를 제대로 읽어내야 합니다. 특히 교회의 입장에서는 시대적 징표를 살펴보고, 종합하여 하느님의 뜻을 찾아내는 일을 선도적으로 하여야 합니다. 그래야 바로 오늘에 적합한 신앙 실천의 방법론을 모색할 수 있고, 신자들은 그 실천으로 '지금 여기'에서 신앙인으로 성장할 수 있기 때문입니다. 이것이 바로 오늘날 절실한 '새로운 복음화'와 '새로운 사목'의 실천이며, 다르게 표현하면 '문화의 복음화'와 '문화사목'의 실천인 것입니다.

이러한 취지에서 앞으로 한국가톨릭문화연구원은 우리 사회에서 일어나는 다양한 사회 이슈와 문화 현상을 교회적 시각으로 해석하고 분석하여 신앙생활에 도움이 되고자 합니다. 물론 시중에는 신앙생활에 도움이 되는 교회서적이 적지 않습니다. 그러나 대부분 영성 관계 서적의 비중이 높은 반면 급변하는 일상 문화 안에서 생활하는 신앙인들에게 각각의 문화사회적 현상에 대한 신학적·윤리적 반성과 의미를 제공하는 서적은 그다지 많지 않습니다. 따라서 한국가톨릭문화연구원은 사제와 평신도, 수도자를 가리지 않고 우리 교회와 신앙인들에게 도움을 줄 수 있는 다양한 의견과 주장, 반성을 담은 소책자 시리즈를 꾸준히 간행할 예정입니다.

누구나 어려움에 처했을 때는 자신의 정체성에 대해 생각하기 마련입니다. 곧 가톨릭 신자, 혹은 이 시대를 살아가는 사람으로서 '나는 누구인가' 하는 점입니다. 또한 사회적 이슈에 대해 교회 정신에 입각한 성찰과 반성이 존재할 때 비로소 신앙 실천이 구체화될 수 있다고 봅니다. 아무쪼록 간행되는 소책자 시리즈가 여러분에게 신앙과 사회를 다시 생각해볼 수 있는 의미 있는 기회를 마련해주었으면 좋겠습니다.

2023년 5월
김민수 이냐시오 신부

1

나는 가톨릭 수도단체인 예수회에 만 28살에 입회해서 올해로 34년째 살고 있다. 입회하기 전 나는 반도체 회사에서 엔지니어로 직장생활을 했다. 직장생활을 하면서 나의 삶의 가치관과 관련하여 나는 회사와 큰 갈등을 겪었고, 인사위원회에서 중징계를 받았다. 나는 나의 미래에 대해 크게 고민하지 않을 수 없었다. 거의 2년간의 직장생활을 정리하고 새롭게 시작한 것이 수도생활이었다.

2년간의 수련을 마치고 철학을 공부하며 노동자들을 만나는 사도직을 하게 되었다. 직장생활 경험과 겹치기도 했지만 현장 노동자들은 그 시대에 가장 가난한 사람들이라고 생각했기 때문이다. 그때 청년이었던 내가 만났던 노동자들의 대부분도 청년기의 노동자였다. 그리고 사제가 되어 만났던 노동자들은 나와 비슷한 연배의 중년의 노동자들이었다. 그리고 이제 나는 중년의 후반부를 사는 사람들과 장년(60세 이상)의 노동자들에게 더 많은 관심을 갖게 되었다.

1997년 외환위기 이전과 이후의 노동환경은 많이 다르다. 외환위기 이후, 많은 노동자들이 하루아침에 일자리에서 쫓겨났고, 그들의 삶은 벼랑 끝에 내몰렸다. 이에 많은 노동자들이 자본의 부당한 횡포에 맞서 처절한 싸움을 벌였다. 그 싸움으로 인하여 노동자들의 삶은 더 위기 상황에 처하게 되었다. 나는 중년의 남성 노동자들이 막상 위기에 맞닥뜨리면 여성 노동자들보다 더 취약한 모습을 많이 보았다. "왜 남자들이 위기 상황에서 더 취약할까?" 이것이 나의 남성에 관한 문제의식의 시작이었다.

이런 고민을 하던 중에 나는 2015년 호주 멜버른으로 제3수련(예수회 회원들이 최종서원을 앞두고 갖는 약 6~7개월의 마지막 수련)을 가게 되었다. 멜버른은 내가 사제서품을 받기 위해서 신학을 공부한 곳이어서 나에게 여러 가지로 익숙한 곳이다.

나는 그곳에서 나에게 신학과목을 가르쳐준 메리엔 콘포이(Maryanne Confoy) 수녀님을 다시 만나 여러 가지 이야기를 나누던 중에 내 고민을 털어놓았다. 수녀님은 이야기를 다 듣고 그런 문제의식을 학문적으로 성찰해보면 어떻겠냐고 제안했다. 그리고 나에게 기꺼이 지도교수가 되어주겠다고 약속했다. 그래서 나는 2016년 상반기에 입학제안서를 냈고, 하반기부터 남성에 대해서 공부를 했고 최종적으로 '남성들의 관계적 영성'이라는 주제로 신학 석사학위 논문을 쓰게 되었다.

내가 입학제안서를 쓰기 전에 수녀님은 나에게 하버드 대학교 비즈니스스쿨의 대니얼 골먼 교수가 쓴 『원초적 리더십』(Primal Leadership)[1]을 읽어보도록 권했다. 나는 영성과 경영학적 지식이 어떻게 연결이 될지 의아했다.

다행스럽게도 나는 그 책을 읽으며 한국 문화의 폭력성을 보게 되었고, 한국 남자들이 관계적이지 못한 원인과 위기 상황에서 취약한 이유를 그 폭력적인 문화와 제도에서 찾으려 했다. 또 이 폭력적이고 경직된 문화와 제도가 어떻게 한국 남자들의 양성에 영향을 주었는지도 관심을 갖게 되었다. 이는 내 논문의 중요한 출발점이 되었다. 그리고 이 책은 그 논문을 바탕으로 『가톨릭평론』에 연재한 글을 '왜 남자들은 기를 쓰고 불행히 살까?'라는 제목으로 조금 더 확장한 것이다.

2

이 책의 첫 번째 장은 "'진짜 사나이'는 왜 사는 것이 힘들까?"라는 제목이다. 이 장에서는 과거 "진짜 사나이"에 대한 잘못된

---

1   한국에서는 『감성의 리더십』(2003)이라는 제목으로 출간되었다.

신화를 좇았던 남자들이 경험하는 힘든 상황에 대해서 설명한다. 이는 다름 아닌 한국 남자들이 처해 있는 현주소이다. 한국 남자들은 태어나는 것이 아니라 거짓된 신화를 좇는 사람으로, 또 사회가 규정하는 남자로 '만들어져' 다시 태어난다. 세상의 변화 속에서 만들어진 남성성을 가진 남자들이 겪는 고통을 이야기해보았다.

2장은 한국 남자들의 권위적이고 폭력적인 원인을 우리 문화에서 찾아보려고 하였다. 우리 문화 속 위계문화의 뿌리로서 유교문화에 대해서, 경직된 문화로서 반공주의에 대해서, 그리고 제도적 국가 폭력을 수용하여 내면화하는 순응주의와 획일화된 문화를 재생산하는 구조로서 군대문화와 국가주의에 대해서, 그리고 이런 문화의 영향으로 남자들이 어떻게 경직된 사람으로 양성되었는지 설명하고자 하였다.

3장은 한국 문화의 권위주의와 경직성과 획일화라는 측면이 한국 남자들의 인간 발달에 어떤 영향을 주었는지 설명한다. 한국 사람들은 높은 지위와 인정받는 자리에 대한 관심이 높고 상대적으로 자신에 대한 내적 성찰이 부족하고 지위를 자신이라고 착각하여 자신이 누구인지 모른다. 그래서 그들은 자기가 없는 삶을 산다. 심리적 발달 상태는 자기가 확립되지 못한 '사회화된 의식 상태'의 수준으로 매우 미성숙한 인간발달 상태를 보여준다. 이런 사람들은 순응주의자가 되어 권위주의의 피해자이면서 그 권위주의의 폭력성을 지적하지 못함으로서 권위주의를 더 견고하게 구축하는 조력자가 된다.

4장은 한국 남자들이 자기가 되기 위해 필요한 개성화 과정에 대해서 설명한다. 개성화란 '나다움'이고 자신의 고유함을 인식하는 것이다. 중년기의 과제로서 개성화 과정은 사람들로 하여금 자기다움을 살 수 있는 여유를 갖게 해준다. 이를 위해서 사람들은 젊음/늙음, 남성/여성, 창조/파괴, 분리/애착이라는 삶의 양극성을 통합하여 균형을 이루어야 한다.

5장은 성숙한 성인이 되어가는 과정을 성인 영성이라고 설명하였다. 영성은 통합적인 차원에서 인간 삶의 모든 측면을 포함하므로 성숙한 인간이 된다는 것이 무엇인지, 그리고 삶의 주제로서 관계의 '상호성'(Mutuality), '경계에 대한 존중', '친밀함'을 어떻게 인식하고 자신 안에 통합하여야 하는지를 설명한다. 그리고 내적 자기에 대한 인식을 키워주고 관계를 발전시킬 수 있는 긍정적 감정과 부정적 감정의 중요성에 대해서 설명한다. 감정 표현을 통해서 자신도 성장시키고 타인과의 관계도 발전시킬 수 있어야 한다. 특별히 부정적 감정으로서 분노를 어떻게 표현해야 하는지도 알아본다.

6장은 중년 남자들이 어떻게 사회적 수치를 넘어 내적 갈망을 좇아가는가에 대해서 설명한다. 경직된 사회는 사람들이 내적 갈망을 좇아 살지 못하도록 사회적 낙인을 찍어 수치심과 두려움을 내면화하게 한다. 이런 환경에서 사람들은 '몸-자기'가 통합된 형태가 아닌 기형적 '사회적 몸'에 의해서 자율과 자유를 통제한다. 그래서 사회적 수치심이 한국 남자들의 삶과 심리형성에 어떤 영향을 주었는지, 그리고 사회적 수치를 넘어 성숙한 성인이 된다는 것이 무엇인지 알아본다.

7장은 중년 남자들의 가져야 할 리더십으로서 권위적인 리더십을 극복하고 관계적 리더십의 한 형태로서 '섬기는 리더십'을 어떻게 배우고 실천하며 살아야 하는지 설명한다. 리더십이란 기술이 아니고 성숙한 인간이 되어가는 과정과 깊은 관계가 있다. 인간 성숙에 정서적 성숙이 중요하듯이 리더십의 성장에도 감정을 통한 자기 인식이 중요하다. 그래서 리더십에 감정의 중요성을 다시 언급한다.

마지막 8장은 전체를 요약하였으며 중년의 남자들이 감성을 개발할 수 있는 실천적 대안을 제시하였다. 부록에 수록한 내용은 내 개인적인 체험으로 지금까지 살면서 나의 인간 성숙에 결정적인 영향을 준 사건에 대한 성찰이다.

3

이 책은 단순히 나의 주관적인 생각과 경험을 적은 것이 아니다. 내 주관적인 생각과 체험의 객관성을 확보하기 위해서 이미 출판된 저작물을 통해서 사람들의 생각과 주장을 인용하여 각주를 다는 형식을 취하였다. 이는 내가 그런 엄청난 자료를 읽었다고 자랑하는 것이 아니라 인용한 내용이 나의 생각이 아니라고 출처를 밝히는 차원이다. 그렇지 않으면 이는 타인의 지식에 대한 절도행위로 윤리적인 문제가 될 것이다. 독자들은 각주에 마음을 빼앗기지 말고 읽어 내려가도 아무 문제가 없을 것이다.

이 책은 나의 예수회에서의 삶과 무관하지 않다. 나는 예순이 넘었지만 내 삶의 반 이상을 예수회에서 살았다. 고맙게도 예수회 안에서 나는 나와 화해하고 하느님과 화해하며 나를 끌어안고 나를 새롭게 만나고 하느님도 새롭게 만나며 수도 여정을 보내고 있다. 그래서 나는 예수회 한국관구와 호주관구에 감사한 마음이다. 뿐만 아니라 내가 살았던 공동체들, 그리고 나와 함께 살아준 동료들에게 감사한다.

내가 논문을 쓰는 동안 수차례에 걸쳐 천당과 지옥을 오가는 것과 같은 불안정한 상태를 경험한 나에게 늘 용기를 주고 격려해주었고, 남성에 대해서 성찰하는 데 큰 도움을 주었던 메리엔 콘포이 수녀님께 특별한 감사를 드리고 싶다. 이 책의 기본 골격은 『가톨릭평론』에 연재한 여덟 차례의 원고이다. 이 원고를 읽고 일관성 있게 잘 편집해준 김지환 선생께도 감사를 드린다.

4

나의 삶은 부모님을 떼어놓고 설명할 수 없다. 그런데 나는 아버지와 친밀함을 나누지 못한 관계였다. 내 나이 서른에 아버지를 하늘나라로 보내드렸다. 지금 돌이켜보건데 나이 서른의 나는 아버지와의 친밀한 관계를 발전시킬 생각도 하지 못할 정도로 미성숙했다. 그래서 아버지께 미안한 마음이다. 그래서인지 나는 엄마를 늘 마음에 두고 산다. 가능한 한 엄마와 자주 시간을 보내려고 노력하고 있다.

나는 오래 전부터 나의 생일날 엄마에게 감사와 축하를 전해드리고 있다. 그래서 나는 엄마와 아버지께 특별한 감사를 드린다는 차원에서 이 책을 바친다.

2023년 1월
성가소비녀회 인천관구 본원 사제관에서

'진짜 사나이'는
왜 사는 것이 힘들까?

한국 남자는 태어나는 것이 아니라 만들어진다.

나는 '여성성이 강한⑺ 시대'에 현재와 과거의 남자들의 모습을 변호하고 싶지 않다. "여성성이 강한 시대"라는 표현에 오해가 있을 것 같아 약간의 설명이 필요할 듯하다.

나는 '여성성이 강하다'는 표현을 부정적 의미로 사용하지 않는다. 현재 우리 사회는 과거 남성 중심의 가부장 사회에서 벗어나 점점 여성의 발언권이 높아지는 상황이다. 특히 내가 중년의 끝자락에서 경험하건대, 나와 비슷한 연령대의 여성들은 남성들보다 훨씬 활동적이고 독립적이다. 반면에 남자들은 점점 소극적이고 의존적으로 되어간다. 그렇다. "여성성이 강한 시대"는 중립적인 표현이고, 여성들은 더 강해져도 좋다. 문제는 남성성이 성장하지 못한 데 있다.

나는 '왜 남자들은 기를 쓰고 불행히 살까?'라는 제목의 이 책을 여성성이 강한 시대에 '남성의 자리 다시 찾기' 위한 목적으로 썼다. 내가 말하는 '남성의 자리를 다시 찾기'란 과거의 영광을 재현한다는 의미는 아니다. 부정적 측면은 다 허물고 그 위에 새로운 남성성을 세워야 한다는 뜻이다. 그런 의미에서 한국 사회가 요구했던 남성성이 형성된 배경과 그 부정적 측면을 먼저 논해야 한다. 그리고 우리 사회가 요구하는 새로운 남성성이 무엇인지 논해야 한다. 마지막으로 이런 남성성이 성장하기 위해 필요한 것은 무엇인지 제안해야 한다. 이런 계획안에서 첫 번째 장은 학습된 남성성과 남자들이 살아왔던 삶, 그리고 통합된 사람으로 살기 위해 필요한 남성성에 대해 논하겠다.

진짜 사나이?

이미 지나긴 했지만 지난 신축년辛丑年 '소'의 해(2021년)에 나는 60년이라는 인생의 한 주기를 채웠다. 요즘 환갑에 큰 의미를 두고 잔치를 하는 사람은 없다. 그러나 이는 분명 삶의 긴 세월을 의미한다. 나 역시 내가 나이가 들지 않은 척 노력해보지만, 굳어진 머리는 젊은 세대의 사고방식과 행동방식을 이해하지 못하고, 노화된 몸이 드러내는 느림과 게으름으로 인해 그들을 따라하는 것도 쉽지 않다.

한국 문화에서 남자들, 특히 '진짜 사나이'란 이미지처럼 강함만을 남성성으로 이해하도록 학습된 남자들에게 늙는다는 것은 매우 부정적인 경험이다. 늙는다는 것은 '진짜 사나이'에게 있으면 안 되는 약함과 결핍을 의미하기 때문이다.

강함만을 추구하는 한국 남자들은 약함을 대면할 때 매우 불안한 모습을 보인다. 특히 남자들은 자신이 가정의 생계를 책임져야 한다고 생각해서 직업을 가지고 열심히 일하는 것을 자랑스러워하고 보람으로 생각한다. 그래서 남자들에게 직장은 자신의 삶을 윤택하게 할 뿐만 아니라 자신의 위상을 드러내는 또 다른 자신이기도 하다. 정년으로 퇴직을 하거나 갑자기 직장에서 퇴출될 때 그들은 자신을 잃어버린 것과 같은 충격으로 위기를 경험한다. 그래서 그런 자신의 모습을 있는 그대로 받아들이지 못하고 숨기려 한다.

1997년 말 외환위기로 인해 일터에서 퇴출당한 남자 중 어떤 사람은 가출하거나 스스로 목숨을 끊었다. 이렇게 일터에서 퇴출당해 불안함에 노출된 경우는 쉽게 찾을 수 있다. 단적으로 해고는 많은 노동자를 삶의 근거지에서 퇴출해 무기력하게 만들고, 그들 삶의 이야기를 한순간에 의미 없는 이야기로 만들어버린다.

노동은 삶의 일부이지 전부는 아니다. 그러나 한국 남자들은 남자로서 존재 이유를 생산력 유무로 판단하도록 양성되었다. 그래서 실직하는 순간 남성성의 거세라는 느낌과 함께 삶의 의미가 사라지고 만다.

남성성이 강한 시대

작품의 제작 배경에 대한 논란의 여지가 있지만, 영화 〈국제시장〉(2014)은 남성성이 강한 시대적 배경 하에 주인공 덕수와 그의 가족이 한국전쟁과 국가 주도적 산업화 시대를 어떻게 살아왔는지를 잘 묘사하고 있다. 이 이야기는 덕수라는 한 개인의 이야기이지만 현재 나이 70대 후반 이후의 삶을 사는 사람들이라면 대체로 경험했을 공통적인 이야기이기도 하다.

해방 이후, 많은 사람은 여전히 일제 강점기에서 학습된 방식으로 사고했다. 일본 제국주의는 애국심을 개인이 국가를 위해서 존재한다는 국가주의적 국가관으로 조선인들을 학습시켰다. 그 애국심을 표현하는 방식이 다름 아닌 국가를 위한 순종적인 희생이다.

1961년 쿠데타로 정권을 잡은 박정희는 남북으로 분단된 상황에서 북에 대한 군사적·경제적 우위를 바탕으로 하는 근대화 정책을 추진했다.[1] 먼저 국가는 남자들을 군대에 동원했다. 군대는 남자들을 "거칠고 공격적인 남성성은 여성의 몸과 '여성적인' 특성을 타자성의 본질적인 표시로 보고 군인들이 정복하고 파괴해야만 하는 것으로 보게 만든다."[2]

이런 과정을 거치면서 한국 남자들은 여성에 대한 비하와 혐오를 기초로 한 남성적인 군인들로 만들어졌다. 박정희는 강

---

1 문승숙, 『군사주의에 갇힌 근대』(또 하나의 문화, 2007), 42쪽.
2 위의 책, 79쪽.

공장에서 일하는 남성 노동자들(1972)

력한 군대와 산업화를 이루기 위해서 '병역특례법'을 제정해 중

공업에 병역의무자들이 노동자로 경제활동을 할 수 있게 연결

했다.[3]

　　이렇게 한국 남자들은 국가 주도적 산업화 정책에 순응해

산업현장에 동원되어 국가를 위해서 희생적인 삶을 살았다. 여

전히 세계 최장 수준의 노동시간을 기록하고 있는 현실을 볼

3　　위의 책, 87~98쪽.

때 한국 노동자들이 지난 시절 얼마나 자신을 희생했는지 잘 알 수 있다. 그들은 가정보다는 직장에서 더 많은 시간을 보냈음에도, 그런 삶을 가족을 사랑하는 최고 행위로 여겼다. 그리고 많은 남자는 순종적인 사람이 되어 국가 구성원의 자격인 국민이 되었고, 노동시장에서 생산력을 바탕으로 가족의 생계 부양자로 권위를 누릴 수 있는 가부장권을 획득했다.

여성성이 강한 시대

영화 〈국제시장〉의 덕수처럼 산업화 시대에 많은 남자가 자신의 노동력을 제공해 가족들을 부양하며 가정을 위한 부를 축적했고, 가부장의 권위와 권력을 갖게 되었다. 그러나 지금은 덕수가 살았던 시대와 전혀 다른 시대다.

영국 영화 〈풀 몬티〉(The Full Monty, 1997)는 〈국제시장〉과 전혀 다른 시대적 배경을 보여준다. 1980년대 초반 영국 보수당 정부의 마거릿 대처 수상은 신자유주의 이념 하에 철강과 석탄 산업의 구조조정을 단행함으로써 수많은 노동자는 하루아침에 실직자로 전락하고 말았다.

이 영화는 제철소라는 튼튼한 일자리를 갖고 있었기에 가정에서는 가부장으로 군림할 수 있었지만 어느 날 갑자기 해고당하자 가정에서조차 설자리를 찾지 못하는 남자들의 이야기를 다루고 있다.

영화 배경에는 첨단산업에 밀려나는 사양산업과 그런 업종에 종사하는 노동자들의 비애가 깔려 있다. 이 영화는 한국 사회가 속수무책으로 신자유주의의 영향권으로 밀려들어갈 수밖에 없었던 1997년에 개봉되었다.

신자유주의 경제구조 아래서 자본주의의 주도권은 완전히 금융자본으로 넘어갔고, 부의 원천은 더 이상 노동이 아니라 금융이 되어 노동의 세계는 급격히 위축되었다. 더구나 금융자본은 부를 축적하는 과정에서 손쉽게 노동을 쓸모없는 것으로 몰아갔다. 그런 과정을 통해 자본은 노동력을 값싸게 확보할 수 있게 되었다. 이로써 이윤을 창출하기 위해서 생산을 위한 노동력은 중요하지 않게 된다.

반면에 소비를 위한 노동력이 중요해진다. 바로 소비자본주의의 확산이다. 소비자본주의에서는 남성적인 노동력보다 여성적인 가치가 훨씬 더 생산적이고 효율적이다. 서비스 산업을 필두로 전체 산업영역에서 감정을 보다 더 잘 다루는 여성

들이 소비를 위한 노동현장에 등장한다.[4]

자본이 지배하는 사회 안에서만 여성성이 강하게 드러나는 것은 아니다. 이 시대 어디에서든 여성성이 강하게 드러나고 있다. 조직 안에서도 마찬가지다. 과거 조직 지도자의 모습은 강력한 권력을 기반으로 한 남성의 이미지가 일반적이었다. 그래서 결단성과 과감함을 남성성으로 규정하며, 남성적인 힘을 바탕으로 조직을 효율적으로 이끌어가는 지도자의 모습을 선호했다.

반면에 섬세함과 함께 포용과 공감하는 감수성은 여성적이라거나 부차적이라며 불필요하게 여기곤 했다. 하지만 요즘은 조직을 이끌어가는 리더십으로 여성적이라 했던 섬세함과 공감과 같은 감수성이 더 많은 관심을 받고 있다. 조직이 굴러가는 방식 자체에서 점차 감정을 다루는 능력이 중요해진 것이다.

---

4   엄기호, 「보편성의 정치와 한국의 남성성」, 권김현영 엮음, 『한국 남성을 분석한다』(교양인, 2017), 166쪽.

책임감이라는 삶의 무게와 개성화[5]

그렇다면 남성성이 강했던 시대에 남자들이 경험했던 어려움과 불편함은 어떤 것이었을까? 영화 〈국제시장〉 이야기를 다시 해보자.

영화의 첫 장면은 한국전쟁 때 일어났던 흥남철수를 다룬다. 덕수 가족은 남쪽으로 피난하기 위해 배에 오르지만, 막냇동생 끝순이를 잃어버린다. 덕수 아버지는 끝순이를 찾기 위해 가족들과 헤어지며 덕수에게 가장의 역할을 잘하라고 당부한다. 덕수는 아버지의 이 마지막 말을 늘 가슴에 새기며 생계 부양자로서의 역할을 자신의 운명으로 받아들이며 산다. 그러나 덕수 부인은 그런 그가 안쓰러워 보였고, 어느 날 부부싸움 끝에 "이제 제발 당신을 위해서 살아보라"고 한마디 던진다.

이렇게 고집스럽게 삶을 살아온 덕수는 어려운 사람이다. 가족들은 그에게 쉽게 다가가지 못한다. 그는 점차 가족들 사이

---

5 '개성화'란 카를 융C. G. Jung이 사용한 개념인데 융의 관점을 설명한 책으로 다음의 책을 참고하길 바란다. J. Goldbrunner, *Holiness is Wholeness and Other Essays*, Notre Dame, IN: University of Notre Dame Press, 1964. 그리고 L. P. Carroll and K. M. Dyckman, *Chaos or Creation*, New York/Mahwah, NJ: Paulist Press, 1986. 국내 문헌으로는 이부영, 『자기와 자기실현』, 한길사, 2002.을 참고하라.

에서 외톨이가 되어간다. 이제껏 고지식하게 자신의 역할에 충실하게 살아왔던 덕수는 어느 날 아버지를 생각하며 독백한다.

"아버지, 저 약속 지켰지예? 근데 저 무척 힘들었거든예 ….."

덕수의 이런 삶도 분명 존중받아야 한다. 그러나 그의 삶에 아쉬운 점이 있는데, 그것을 그의 부인이 지적한 것처럼 '자신을 위한 삶을 살지 못했다'는 것이다.

많은 경우 사람들은 자신이 아닌, 타인이나 사회가 요구하는 삶을 산다. 이런 삶은 언젠가는 위기를 맞는다. 그 위기란 '자신의 삶'을 찾아가라는 신호다. 이는 진정한 자기(self)를 찾아 나다움을 산다는 의미다.

심리학자 카를 융(Carl G. Jung)은 인간 발달 과정에서 진정한 자신의 모습을 찾는 단계를 '개성화'라고 불렀다. 개성화를 거친 사람은 "자신에 대한 좀 더 명백한, 좀 더 충만한 정체감을 획득함에 따라, 자신의 내적 자원을 좀 더 유용하게 쓸 수 있고 자신의 목적을 잘 추구할 수 있게 된다."[6] 이와 같은 개성화는 중년기의 과제이기도 하다.

많은 한국 남자가 생계 부양자로서 가족들을 사랑한다고 하면서 가정보다는 직장에서 더 많은 시간을 보낸다. 그러나 그들은 점점 노동현장에서 밀려나기 시작했고, 가부장의 권위와 권리를 유지하기 어려워지기 시작했다. 이처럼 외적으로 드러난 어려움 외에 숨겨진 진짜 어려움은 자신의 취약함을 가족들과 나눌 정도의 친밀함이 없다는 것이다. 이런 남자들은 사람들로부터 스스로를 고립시켜 외로운 삶을 살아야 한다. 그리

---

6   대니얼 레빈슨, 『남자가 겪는 인생의 사계절』(이화여자대학교출판부, 1996), 68쪽.

고 그 삶의 무게는 한 개인이 감당하기에는 결코 가볍지 않다.

왜곡된 남성성과 성장해야 할 남성성

많은 사회에서 남자들은 생계 부양자의 역할을 통해서 가부장
의 권위와 권력을 획득한다. 그러나 한국 사회에서 남자들이
생계 부양자로서의 자기 역할을 온전하게 하기는 쉽지 않다.
그 역할을 힘겨워하거나 회피하는 경우도 적지 않다. 그래서
어떤 형태로든 여성이 생계를 위해 경제활동을 하는 경우도 많
다. 이런 상황에서 남자들은 여성에 대한 극심한 차별을 통해
서 가부장제[7]와 남성 우위의 사회체계[8]를 유지했다. 또 앞에서
언급했듯이 한국 남자들은 군대문화를 통해서 여성 비하와 혐
오를 학습한다.

"지배자 - 남성들은 혐오를 부추기며 냉전체제가 상처 입힌 남성
들에게 여성을 먹잇감으로 던져주고, 피지배자 - 남성들은 자신

---

7   최태섭, 『한국, 남자』(은행나무, 2018), 130쪽.
8   위의 책, 79쪽.

의 불만과 불안을 지배자들이 허용한 여성들을 향해 퍼부었던 것
이다."[9]

최근 성 요셉의 해를 맞아 발표된 교황 교서 「아버지의 마음
으로」(Patris Corde)에서 프란치스코 교황은 요셉을 여성에 대한 폭
력이 일상화된 사회에서 필요한 '섬세한 남성성'의 소유자로 제
시한다.[10]

한편 산업화 시대에 남자들은 노동의 주체로서 여성에 대
한 우월감을 증명해왔다. 그러나 신자유주의 시대에 남자들은
노동의 주체로서 설 자리를 잃어가고 있으며, 여성에 대한 우
월감을 과시했던 남성성 역시 도전받고 있다. 게다가 여성들도
생계를 부양하거나 책임지는 상황이 되었다. 이제 남자가 자신
의 약함을 인정하고 받아들이는 자세를 요구하는 상황이 된 것
이다. 그러나 어떤 남자들은 이런 상황을 남성성의 거세와 수
치로 이해하고 까다로운 사람이 되기도 한다. 전형적인 '찌질
남'의 모습이다.[11]

9   위의 책, 115쪽.
10   프란치스코 교황 교서, 「아버지의 마음으로」 4항.
11   엄기호, 앞의 글, 169~171쪽.

한국 사회가 주조하고자 했던 왜곡된 남성성에 대해 이야기한다면 '순응하는 남성성'을 언급해야 한다.

"한국 사회는 단 한 번도 명령에 의문을 갖는 남자들을 바란 적이 없었다. 공장과 전장에서, 명령에 순응하고 몸이 부서질 때까지 헌신하는 강건한 육체들을 원했을 뿐이다."[12]

'순응하는 남성성'은 위계적인 문화에서 찾을 수 있다. 이런 위계적 문화는 군대문화를 통해서, 그리고 군대문화가 이식된 기업문화를 통해서 우리 문화 안에 자리를 잡았다. 한국 남자들은 군복무를 통해서 제도적 폭력과 희생을 정당화하는 '연대 책임'과 '대를 위한 소의 희생'이라는 기풍을 배운다. 그들은 또 생각하거나 의문을 품지 않고 명령을 수행하는 것을 배운다. 이런 '순응하는 남성성'은 진정한 자기가 없기 때문에 나다움을 살지 못하는 남성성이다.

많은 남자가 가족들과 보내는 시간이 얼마나 중요한지 간과하고 있다. 이들은 가족과 친밀감을 나눌 수 없을 정도로 유

12　위의 책, 173쪽.

가족과의 친밀감 부족으로 정서적 균열을 겪는 남성들이 적지 않다.

대감을 쌓고 삶을 유지하는 과정에서 벗어나 있다. 친밀감은 짧은 시간에 형성되지 않는다. 친밀감은 오랜 시간 먹고 마시고, 웃고 울고, 상처와 용서를 주고받는 긴 시간을 공유해야 형성된다.

"가족과 친밀감을 형성하는 능력을 배양하지 못하는 것은 아버지들에게 독으로 돌아온다."[13] 부자관계에서 사랑과 친밀함이 없다면, 아들은 "심리적·육체적·영적으로 그리고 정서적

---

13 최태섭, 앞의 책, 135쪽.

으로 아버지의 부재"[14]를 느끼게 된다. 아버지의 부재는 잃어버린 아들을 낳는다.[15] 교황은 요셉을 '온유하고 다정한 아버지'로서 예수의 어린 시절을 함께 보낸 아버지로 묘사한다.[16] 사랑받은 경험이 있는 사람이 타인을 사랑하기 쉽다.

도전과 성장

만들어진 남성성으로 사는 남자들은 그에 합당한 자신의 모습을 보여주기 위해 불필요한 노력을 해야 하고, 또 시대마다 변하는 사회적 요구에 적응하지 못해 소외되기도 한다. 전통적으로 남자들은 가정의 생계 부양자 역할을 강조하며 가부장권을 획득했다. 그러나 현실에서 남자들이 생계를 온전히 책임지는 것은 쉽지 않았다. 이런 시대의 남자들은 여성혐오를 통해서 자신들의 가부장권을 강변했다.

산업화 시대에 많은 남자는 노동의 주체로서 생계 부양자

14　G. Corneau, *Absent Fathers, Lost Sons: The Search for Masculine Identity*(Boston, MA: Shambhala Publication, 1991), 12~13쪽.

15　위의 책, 18~19쪽.

16　「아버지의 마음으로」 2항.

의 역할을 하며 가부장권을 획득했다. 그러나 이런 삶은 가족들과 친밀함을 나누는 시간을 축소해 남자들을 고립시키는 결과를 낳았다. 그뿐만 아니라 사회생활에서 성공을 통한 생계 부양자의 역할을 확보하기 위해서 체제에 순응하며 살아왔던 남자들은 진정한 '자기'가 없어 나다움을 살지 못했다. 노동의 주체로서 가부장권을 확보했던 남성들도 최근 노동의 자리가 위축된 신자유주의 시대에 자신의 약함을 인정하고 받아들여야 하는 도전을 받고 있다. 이 도전을 잘 받아들인다면 그 사람은 관계적인 사람으로 삶을 살 수 있다. 그렇지 않으면 이른바 '찌질남'으로 남게 된다.

남성성의 위기는 남자들에게 기회이기도 하다. 남자들은 남성성을 성장시켜 건강한 남성성으로 회복할 수 있다. 최근 교황 교서 「아버지의 마음으로」에서 언급한 요셉 성인의 '섬세한 아버지'의 모습과 '온유하고 다정한 아버지'의 모습은 남성성의 성장에 도움이 될 것이다.

남성과 폭력성

위계와 폭력 문화의 역사성과 그 영향

한강의 소설 『채식주의자』(2007)의 주인공 영혜는 가정주부이고, 남편은 평범한 회사원이다. 두 사람은 한국 사회에서 흔히 볼 수 있는 지극히 평범한 부부다. 그런데 영혜가 채식주의자가 된 순간 그들의 평범한 결혼생활은 방해받기 시작한다.

한국 문화는 '채식주의자'처럼 다수의 사고와 행동에 반하는 사람을 받아들이는 데 인색하다. 그래서 그녀가 속한 공동체 사람들은 그녀를 괴팍하고 도리에 어긋나는 삶을 사는 '별종'으로 여긴다. 그녀는 채식주의 생활로 인해서 눈에 띄게 체중이 줄었다. 그래서 부모와 친척들도 그녀의 채식주의 생활을 이해하지 못하고 부적합한 행동으로 여긴다. 그들은 그녀를 설득하려고 했고, 고기를 먹도록 강요한다. 남편 역시 그녀의 선택을 이해하지 못한다.

어느 날 그녀의 아버지와 남편은 함께 그녀에게 강제로 고기를 먹이려고 한다. 그런 과정에서 아버지와 남편은 물리적 힘을 동원한 폭력으로 그녀를 강제로 굴복시키려 한다. 아버지는 더 이상 그녀의 의지를 꺾지 못하자 화가 치밀어 뺨을 때린

다. 영혜는 타인에게 당한 자신의 채식주의 삶에 대한 거부와
폭력으로 인해서 자신의 손목에 자해를 한다. [1]

이 소설은 한국 문화의 순응주의를 강요하는 폭력성을 잘
묘사한다. 또 전통적 관습과 문화적 풍습을 따르지 않는 사람
들을 대하는 한국 사회의 편협함과 폭력을 보여준다.

어떻게 남편이 아내에게, 아버지가 딸에게 쉽게 폭력을 가
할 수 있을까? 『남자의 탄생』(푸른숲, 2003)은 저자 전인권이 남자
가 어떻게 남자로 형성되었는지를 어린아이의 관점으로 사회
적 환경을 분석하고, 또 어떤 심리형성 과정을 거쳤는지를 설
명한다. 그는 한국 남자는 자연스럽게 태어나는 것이 아니라
한국 사회의 환경과 문화에 의해 만들어진다고 주장한다. 나는
한국 남자들의 폭력적인 남성우월주의와 권위적인 모습을 이
해하려면, 폭력적인 문화와 사회구조가 어떻게 그들에게 영향
을 주었는지 살펴보는 것이 중요하다고 생각한다.

---

1   한강, 『채식주의자』(창비, 2007).

유교문화: 권위주의 문화

문화적 경직성의 하나로 권위주의 문화의 근원인 유교문화를
언급해야 한다. 유교는 이미 삼국시대(고구려, 백제, 신라)부터 현대
에 이르기까지 사람들의 철학, 종교, 윤리생활 등 문화에 영향
을 주었다. 특히 조선은 성리학적 세계관의 바탕 위에 세워진
왕조국가였다.

학자들은 성리학을 중앙집권적이고 관료적인 유교국가를
유지하기 위한 새로운 지적·도덕적·정신적 지침으로 여겼다.[2]
유교문화는 의식주를 포함하는 모든 생활과 관습, 법, 사회조
직 그리고 사회의 모든 관계에서 나타났다. 그러한 유교문화의
특징 가운데 하나는 인간관계에 대한 규정이었다.

삼강오륜(三綱五倫)의 오륜은 인간관계의 중요한 원칙을 말
하고 있다. 부모와 자식 사이의 친밀함과 신뢰(父子有親), 군주와
신하 사이의 의로움 또는 올바름(君臣有義), 남편과 아내 사이의
다름과 구별(夫婦有別), 연장자와 연소자 사이의 차례와 질서(長幼
有序), 친구 사이의 신뢰(朋友有信)를 관계의 원칙으로 규정한다.

---

2   Edward Y. J. Chung, *The Korean Neo-Confucianism of Yi Toegye and Yi Yulgok*(New York:
     State of University of New York, 1995), 3~14쪽.

그런데 이런 관계가 위계적 관계로 왜곡될 때 인간관계는 경직
된다.

위계적이고 경직된 관계로서의 삼강오륜

오륜은 앞에서 설명했듯이 인간관계의 수평적 차원과 상호적
차원을 강조한다. 그러나 이런 인간관계는 '삼강'(三綱)이라는 개
념으로 정리되어 위계적이고 경직된 관계로 변질되었다. 사실
삼강은 초기 유교에는 없었던 개념이다.

삼강에서 강(綱)은 '벼리'라는 의미로 그물에서 근본이 되는
굵은 줄로서 그물의 위쪽 코를 꿰는 줄을 말한다. 벼리를 당기
거나 놓으면 그물을 오므리거나 펼 수 있다. 그러므로 삼강은
관계에서 주된 역할을 하는 세 사람을 의미한다.

군주와 신하의 관계에서 군주(군위신강君爲臣綱), 아버지와 아
들의 관계에서 아버지(부위자강父爲子綱), 지아비와 지어미 관계에
서 지아비(부위부강夫爲婦綱)가 주된 역할을 하는 사람이 된다. 주
된 역할이란 관계 안에서 권력행사라는 차원도 있겠지만 무엇
보다도 책임이란 차원에서의 주된 역할을 의미한다. 이런 의미

에서 모범적인 왕, 아버지, 지아비 상이 강조되어야 한다. 그러나 우리의 사회 문화 현실에서는 이른바 충신, 효자, 열녀가 가정과 사회생활에서 인간의 중요한 모형으로 강조되어 오륜의 관계도 수직적인 관계로 변질되었다.

사실 삼강은 "한나라 때에 전제군주제도를 확립하는 과정에서 법가의 영향을 받아, 임금과 아버지와 지아비의 권위를 확립하기 위해 만들어진 것이다."[3] 이후 군신, 부자, 부부관계는 경직된 상하복종관계로 규정된다.

그 결과 부자관계의 원칙인 친밀함과 사랑은 의미를 잃고, 격식이 중요해진다. 그러면 부모와 자식 사이에 거리감이 생기고, 조건적 관계가 된다. 또 왕과 신하 사이에 정의와 올바름이 무시되면 관계는 위계적이고 경직되어 권력을 행사하는 사람의 권력 남용과 사유화를 막을 수 없어 그 사회가 올바로 기능하지 못하게 된다. 이런 경직된 관계는 군신관계를 넘어 상급자와 하급자 사이의 관계에서 하급자가 상급자에 종속되는 상하관계가 된다. 이런 위계적이고 경직된 관계는 부부관계도 여자가 남자에 종속되는 상하관계가 된다.

---

3   정진일, 『유교의 이해』(형설출판사, 1997), 213쪽.

이 외에도 연장자와 연소자 관계도 역시 상하관계로 전락하게 된다. 이런 위계를 강조하는 권위주의는 그 자체로 폭력일 수밖에 없다.

반공주의: '편 가르기 문화'

한반도를 식민지배했던 일본이 태평양전쟁에서 항복을 선언함으로써 조선인들은 오랫동안 기다렸던 해방을 맞았다. 그러나 조선인들의 기대와 달리 한반도는 냉전의 희생물이 되어 미군이 38도 이남을 그리고 소련군이 이북을 점령함으로써 한반도는 분단되고 말았다.

미군사정부(미군정)는 일제 강점기 동안 일제에 부역했던 경찰과 관료들을 내쫓거나 처벌하기는커녕 다시 일할 수 있게 해주었다. 미군정의 의도는 38도선 이남에 반공주의에 우호적인 체제를 구축하는 것이었다. 그 결과 일제 강점기의 부역자들은 미군정의 노선에 충실한 반공주의자가 되었다. 이 부역자들은 다시 권력을 획득해 토지개혁과 그 밖에 자원의 재분배를 목표

한국의 반공주의는 독재와 폭압의 수단
으로 활용되었다.

로 민초들을 조직하는 정치운동을 억압했다.[4]

일제 부역자들은 자신들의 정치적 입장에 동의하지 않는 사람들을 공산주의자로 낙인을 찍고 폭력적으로 잔인하게 대했다. 이런 폭력적인 활동과 왜곡된 여론 형성은 국가의 묵인 하에 조직적으로 이루어졌다. 제주 4·3사건은 반공주의자들이 제주도민을 좌파로 몰아 탄압한 대표적인 예다.[5] 한국 현대사에서 반공이념은 이승만 정권부터 시민을 감시·탄압하는 매우

4　문승숙, 『군사주의에 갇힌 근대』(또하나의 문화, 2007), 47~48쪽.
5　제주4·3사건진상규명및희생자명예회복위원회, 「제주4·3사건진상조사보고서」(2003).
　　"1948년 4월 3일부터 1954년 9월 21일까지 정부의 진압군에 의해서 학살된 희생자의
　　수는 2만 5천~3만 명으로 추산하고 있다."

정치적이고 폭력적인 수단이 되었다.

1961년 5월 16일 군사쿠데타로 정권을 탈취한 박정희와 그를 지도자로 하는 군사정권은 "반공이념을 국가정책으로 확고히 했고, 1961년 12월 3일 반공법을 제정했다."[6] 반공법은 공산주의 활동을 처벌하기 위해 제정된 법으로서 독재자가 권력을 유지하는 데 유용한 도구가 되었다.

반공법은 1980년 12월 31일 폐지되었지만 핵심적인 부분은 국가보안법에 그대로 흡수되었다. 전두환 군부독재 정권은 국가보안법을 통해서 정부정책에 반대하는 사람들을 공산주의자로 몰아 탄압했다. 정권에 반대하는 의견을 허용하지 않았던 한국 지배세력의 반공이념 때문에 시민들은 정치, 언론, 표현의 자유를 박탈당했다. 그로 인해 시민사회는 여러 분야 간에 공감대를 형성하기 위한 사회적 논의를 펼칠 기회조차 갖지 못할 정도로 경직되었다.

박정희부터 노태우(1961~1992)까지 30년 이상 지속된 군부독재는 시민사회의 자율성을 철저히 제한했고, 정치 엘리트들의 정치적 독점을 강화했다.[7] 그로 인해 한국 사회는 이념적으로

---

6   국가기록원 contents.archives.go.kr/next/search/listSubjectDescription.do?id=003333.
7   박광주, 「관료와 정치권력」,《정신문화연구》62호 (1996.04), 58쪽.

경직되어 정치적 행동은 물론 학문적인 논의나 사회적인 활동도 정권의 눈치를 보아야 했고, 일반 시민들은 섣부른 행동이나 말이 빌미가 되어 곤란한 처지가 되지 않을까 노심초사하며 매사 자기검열을 하며 살아야 했다.

지난 2017년에 개봉한 영화 〈1987〉은 독재정권이 일상에서 정부 정책에 반대하는 사람을 어떻게 마녀사냥을 했는지 적나라하게 보여준다. 치안본부의 수사책임자 박 처장은 경찰의 조사과정에서 고문으로 대학생(박종철)이 사망하자 사건의 진상을 은폐하기 위해 반공이라는 무기를 꺼내든다. "내레 빨갱이 잡는 것 방해하는 간나들은 무조건 빨갱이로 간주하갔어." 그의 부하들은 서릿발 같은 그의 지시에 찍소리도 못하고 "받들겠습니다!"라고 구호를 외치듯 큰소리로 대답한다.

반공주의자와 빨갱이만 존재했던 시대에 반공주의자가 아닌 사람은 온갖 불이익을 감수해야 했다. 그래서 자신이 빨갱이가 아니라는 사실을 증명하려고 반공주의자인 상급자의 요구를 아무런 반항도 하지 못하고 받아들여야만 했다. 한마디로 순응주의자로 길들여지는 것이다.

군대문화: 폭력과 권위주의 문화를 내면화하는 학교

한국 남자들에게는 국방의 의무가 주어진다. 이른바 '신의 아들'을 제외한 대부분의 남자는 일정 기간 군인으로서 병영생활을 한다.

"군대에서 남자들이 '특별하게' 경험하는 네 가지가 있다. 획일적이고 위계적인 질서 체험, 안보의 '가상' 담당자로서의 체험, 남자로서의 경험, 육체적 폭력과 고통의 체험"[8]이다.

사실 군복무는 한국 남자들에게 인간의 존엄성과 권리가 일방적으로 무시되는 경험을 통해서 권위적인 문화를 내면화하고, 제도적인 폭력을 수용하는 법과 신체적인 폭력과 고통을 견디어내는 법을 배우며 획일화된 사람이 되는 학교 역할을 했다. 남자들은 이런 군대에서 상급자의 명령을 수행하는 과정에서 이탈자 발생과 과오를 막는 장치로서 '연대책임'을 체득할 뿐만 아니라 하급자들에게 폭력을 행사하는 방법도 배운다. 그

---

8   권혁범, 『여성주의 남자를 살린다』(또하나의 문화, 2006), 184쪽.

리고 군대는 '대를 위한 소의 희생'이라는 정신교육을 통해 남자들에게 군대조직과 국가를 향한 절대적인 복종과 자기희생을 강요할 뿐만 아니라 정당화한다.

이런 군대문화의 폭력성이 단지 군대 안에서만 발생하지 않고 사회 문화 전체에 걸쳐 나타나는 것은 심각한 문제라고 하지 않을 수 없다. "아이들이 학대와 벌, 그리고 폭력이 권위를 부여하고 존경을 강요하는 방법이라고 배우게 된다면 그들은 그 행동을 재현할 것이고, 그 결과로 폭력적인 사회가 될 것이다."[9] 따라서 군대문화가 불러일으킨 문화의 폭력은 더 큰 폭력을 낳았다. 우리는 이런 폭력을 가부장적인 문화와 가정의 엄격한 규율에서, 학교에서의 위계적 체벌에서, 위계적 상하관계와 결정구조와 심지어 여성과 관계에서 쉽게 경험한다.

국가주의: 경직된 문화

국가주의란 국가를 가장 우월한 조직체로 인정하고 국가권력

---

9   George Lakoff, *Moral Politics: How Liberals and Conservatives Think*(Chicago and London: University of Chicago Press, 2016), 113쪽.

이 경제나 사회정책을 통제하는 이념이다. 이 국가주의에서 개인은 국가에 복종해야 하는 존재다. 국가주의는 "개인을 위해서 국가가 있는 것이 아니고 국가를 위해서 개인이 있는 것"[10]이라는 일본식 애국주의의 영향을 받았다.

제국주의 일본은 충성스러운 국가 구성원에게 '국민'이라는 호칭을 수여했다. 우리도 일찍이 20세기 초반부터 일본에서 공부하고 온 지식인들은 충성스러운 국가 구성원이란 의미의 '국민'이라는 개념을 받아들여 강한 국가를 만들기 위해 사람들을 군복무에 동원하고 병영정신을 갖도록 훈육해야 한다고 주장했다. 그리고 해방 후 남과 북으로 분단된 상황에서 국가는 '국민'에게 국가를 위해 반공주의를 수용하도록 훈육했다.[11]

군사독재 정권에서 국가주의는 개인을 수동적인 단위로서 국가의 일부로 받아들여 '국민'이 되도록 훈육하기 위해 다양한 방식으로 개인들을 동원했다. 박정희는 '부강한 국가 건설'을 위해 1961년에 경제개발계획을 발표·추진했고, 1968년 12월 5일 '국민교육헌장'을 제정·선포했으며, 매주 애국조회를 통해 학생들에게 국가를 위한 희생을 훈육했다.

---

10 박노자, 『나는 폭력의 세기를 고발한다』(인물과 사상, 2005), 331쪽.
11 문승숙, 앞의 책, 42~43쪽.

"특히 60년대 이후 후발국으로서 선진국을 따라잡겠다는 명목에서 취해진 조국근대화 정책과, 냉전체제의 남북대치 상황에서 강요된 군사안보중심 체제는 남한의 국가주의를 더욱 강화했다."[12]

국가주의는 군복무를 하는 남자들에게 강인하고 국가에 순종적으로 희생하는 모습을 '국가주의적인 남성성'으로 표준화[13]했다.

이렇게 경직된 사회구조와 문화 안에서 남자들은 '국가주의적인 남성성'으로 표준화되어 순종적으로 국가에 희생하는 국민이 되었다. 이들은 경직된 사회구조와 문화의 피해자이지만 그 구조를 견고하게 만드는 데 일조한 조력자들이기도 하다. 사실 권위주의라는 경직된 구조는 권위적인 사람들에 의해서만 만들어지는 것이 아니라 피해자들의 순응주의에 의해서 견고하게 구축된다. 이들은 무시무시하게 악한 모습으로 산 사람들이 아니다. 한 가정의 성실한 가장이고 남편이고 아버지였다. 그러나 권력자의 불의와 부당한 권력남용에 적극적으로 협

---

12 박민희, 「우리 안의 국가주의 "열중쉬엇"」, 《한겨레》, 2001.2.26(http://legacy.www.hani. co.kr/section-009100011/2001/009100011200102261934029.html).

13 권혁범, 앞의 책, 202쪽.

누군가는 권력에 순종하지만 또 누군가는 권력에 당당히 맞서기도 한다.

조하지 않았지만 아무런 문제의식도 느끼지 않고 저항도 하지

않음으로써 결과적으로 그들 편에 가담하여 협조자가 되었다.

　이런 생각 없음은 인간 속에 존재하는 모든 악을 합친 것보

다 더 많은 파멸을 유도하기도 한다. 한나 아렌트는 2차 세계대

전의 전쟁범죄자 아이히만의 재판을 방청하며 권력에 순응한

사람들의 이런 모습을 '악의 평범성'(banality of evil)이라고 했다.

　그는 단지 자기가 무엇을 하고 있는지 결코 깨닫지 못한 것이다.

　… 그는 어리석지 않았다. 그로 하여금 그 시대의 엄청난 범죄자

　들 가운데 한 사람이 되게 한 것은 (결코 어리석음과 동일한 것이 아닌)

순전한 무사유(sheer thoughtlessness)였다 … 이러한 무사유가 인간
속에 아마도 존재하는 모든 악을 합친 것보다도 더 많은 대파멸을
가져올 수 있다는 것이다.[14]

경직된 문화와 그 영향

지금까지 우리의 경직된 사회 문화 속에 침투한 역사적·문화적
요인들에 대해서 알아보았다. 그렇다면 이 문화적 경직성이 한
국 사람들에게 어떤 영향을 주었을까?

첫째, 마녀사냥과 같은 반공주의로 인한 경직성은 한국 사
회를 한순간에 마비시켰다. 정치적 기득권자들은 반공 이념을
이용해 공안정국을 조성하여 한국 사회를 분열시키고 불신으
로 몰아넣었다. 그로 인해 사람들은 자신의 목소리와 권리 그
리고 지위를 잃어버렸다.

둘째, 문화적 경직성은 한국 사람들에게서 자유와 삶에 대
한 책임감을 빼앗았다. 자유와 책임에 대한 감각은 성숙한 사

---

14 한나 아렌트, 『예루살렘의 아이히만』, 한길사, 2006, 391~392쪽.

람이 될 수 있게 하고, 한 사회가 자율성을 키우며, 모두가 자유롭게 살 수 있게 해준다. "모든 인간은 특히 개인적인 자유와 책임을 행사함으로서 실현되는 미래를 기대한다."[15] 또 위계적이고 폭력적인 문화는 사람들에게 권위주의 통제에 순응하게 하고 부정직하고 부패한 권력의 협조자가 되게 한다.

셋째, 문화적 경직성은 한국 사람들에게 타인과의 관계에서 그들의 기쁨과 희망, 고통과 절망을 공감하고 공유하기보다는 기능적인 역할만을 하게 했다. 결과적으로 그들은 자신들의 삶을 성찰하지 않고 타인들과의 관계는 그들의 우정과 고통 속에서 연결되지 않는 무감각한 사람이 되었다.

그래서 남자들은 가정에서 남편으로서 아버지로서의 역할을 오직 생계를 책임지는 역할로 이해했다. 그러나 그들은 생계를 책임질 수 없는 상황에 처해도 가족들에게 쉽사리 도움을 청하지 못했다. 왜냐하면 많은 사람들이 '친밀함'이라는 감정을 이해하지 못했고, 그래서 그들은 가족들과 친밀한 관계를 형성하지 못했기 때문이다.

정치 지도자들도 권력을 시민들에게 봉사하기 위한 도구,

---

15 D. Lane, *Keeping hope alive: striving in Christian theology*, Mahwah, NJ: Paulist Press, 1996, 118쪽.

즉 지도자로서의 막중한 책임감으로 이해하기보다는 타인, 특히 자신에게 도전하거나 잘못을 지적하는 이들의 의지를 꺾는 폭력으로 이해했다. 그 결과, 지도자들은 힘없고 가난한 사람들의 고통에 대한 공감 능력을 상실했을 뿐 아니라 아예 그들을 적대시 하는 방향으로 나아갔다.

폭력이라는 단단한 껍질 벗어버리기

권위주의 문화, 반공주의라는 사회구조, 그리고 국가주의와 군대문화를 통해 우리는 폭력적인 사회, 문화, 제도에 어떠한 의문도 없는 사람처럼 순응주의자가 되어 폭력을 정당한 것으로 내면화하였고, 획일주의를 따르듯 개인의 사고와 행동 안에서 스스로를 검열했다. 이렇게 제도적 폭력을 정당한 것으로 내면화한 사람들은 부자유스러운 삶을 강요당했다.

『채식주의자』속 영혜의 남편과 아버지 역시 사회 문화의 구조적 폭력을 내면화한 자유롭지 못한 사람들이었다. 그래서 그들 안의 폭력성은 언제든지 타인에게 투사될 수 있었고, 약자를 향해서는 그런 경향이 더 두드러지게 나타났다. 획일주의에 의해 그들은 개성 있는 한 남자가 되는 것을 거부할 수밖에 없었을 것이다.

순응주의에 의해 그들은 자신의 의견보다는 사회 문화와 관습을 따르고 타인에게도 순응을 강요했을 것이다. 이것이 그들이 살았던 부자유다. 이런 폭력적인 사회 문화 구조 아래서 남자들은 위계적이고 획일적이며 일방적인 사람으로 다시 태어난다.

문화적 경직성과 폭력으로 인해 사람들은 마음과 정신의 자유와 자율성을 잃었고, 개인적 혹은 사회 문화적 변혁의 가능성은 상상할 수 없었으며, 자유에 대한 희망도 빼앗겼다. 그러나 인간의 변화와 성장은 불가능하지 않다. 이런 사람들은 먼저 폭력적인 문화와 그로 인한 우리 안에 내재한 폭력성을 인정해야 한다. 그러면 그들은 부당한 상황 속에서도 끊임없이 인간이 된다는 것이 무슨 의미인지를 질문할 수 있게 된다. 그리고 그들은 마침내 과거의 경직된 껍질을 벗으며 새롭게 태어나 자신들의 자유와 권리, 현재와 미래의 행복을 찾을 수 있게 된다. 그러므로 남성성도 새롭게 성장할 수 있다.

문화의 경직성과 획일화

자기다움이 없는 삶

앞에서 나는 한국의 역사, 문화, 정치, 사회가 어떻게 한국 남자의 성장과 정체성 형성에 영향을 끼쳤는가에 대해 언급했다. 한국 남자들은 문화적 경직성과 사회적 낙인이 주는 수치심으로 인한 자기검열 때문에 '나다운 삶'과 자율적이고 자기주도적인 삶을 사는 것이 쉽지 않았다. 그래서 그들은 개성 없이 획일화된 모습으로 살았으며, 자신을 성숙한 인간을 발전시키기 어려웠기 때문에 직장에서 해고 같은 위기 상황에 맞닥뜨리면 내면의 중심을 잃고 방황하는 모습을 노출할 수밖에 없었다.

사실 많은 사람이 나이 들어 성인이 되었음에도, 자기가 누구인지 진정한 자기 모습을 모르고 산다. 그래서 그들은 자신만의 독창적인 삶, 즉 개성을 드러내지 못하며 획일화된 사회문화에서 삶의 깊이 없이 살아간다.

공자는 『논어』 「위정」(爲政) 편에서 나이 마흔을 '불혹'(不惑)이라고 했다. 나이 마흔이 되면 자기와 자기 정체성 사이에서 혼란을 겪지 않는 안정적 주기에 진입한다는 뜻이다. 이런 유교적 이해는, 서양의 심층분석 심리학자인 카를 융과 발달심리학자인 대니얼 레빈슨(Daniel J. Levinson)이 말하는, 사람이 자기 자신이 되고 진정한 '나다움'을 사는 경험을 묘사하려고 만든 용어인 '개성화'(개별화, individuation)와 같은 이해라고 할 수 있다.

앞서 언급했듯이 개성화를 거친 사람은 자신만의 정체감을 획득하여 자신의 내적 자원을 좀 더 유용하게 쓸 수 있을 뿐만 아니라 자신의 삶을 수용하고, 삶의 의미를 새로운 수준에서 이해할 수 있게 된다. 자기와 자기 정체성에 대한 내적 깨달음은 아무런 고통 없이 얻는 것이 아니라, 대개는 '정체성 위기'[1]라는 아픈 경험을 통해서 얻게 된다. 이는 인간 성장 과정에서 매우 자연스러운 현상이다.

그런데 한국 남성들은 경직된 사회구조와 문화로 인해서 진정한 자기를 인식할 수 없어 타인에게 자신을 진실하고 솔직하게 드러낼 수 없었다. 그래서 그들은 타인과 사랑과 우정을 깊게 나눌 수 있는 관계로 발전시킬 수 없었다. 이런 한국 남성

---

1   Erik Erikson, *Childhood and Society*, 2nd ed., rev. and enlarged, New York: Norton & Co, 1964. 참고.

들에게 자기 정체성에 대한 내적 인식은 타인과 올바른 관계를 맺기 위해 우선적으로 가져야 할 중요한 요소라고 하지 않을 수 없다.

나는 이번 장에서는 한국 남자의 양성과 관련해 인간 발달의 측면을 이야기하고자 한다. 특별히 한국 문화의 어떤 측면이 한국 남자에게 진정한 자기 자신의 모습으로 발전시키지 못하게 했는지, 그리고 이런 한국 문화가 한국 남자의 심리적 형성에 어떤 영향을 미쳤고, 어떻게 그들의 삶을 발전시키기 위한 도전들을 통합하기 어렵게 했는지 설명해보도록 하겠다.

한국 문화의 그림자와 한국 남성들의 양성

사회적 지위의 중요성

한국 사회는 권위적인 지도자들과 권위주의 문화의 영향을 많이 받았다. 권위주의란 높은 수준의 권위와 낮은 수준의 권위가 있다는 것을 믿으며, 낮은 수준의 권위를 가진 낮은 지위의 사람들에게 높은 수준의 권위를 의심 없이 수용하고 존중하도록 강요한다.

권위주의의 영향으로 한국 사회의 군사조직과 기업조직을 비롯한 대부분의 조직 문화에서 나타나는 현상은 상급자의 지배와 하급자의 복종이라는 경직된 관계다. 그래서 높은 지위를 갖는다는 것은 하급자에게 무언가 권위적으로 요구할 수 있는 권리를 갖는 것이다. 많은 사람이 자기보다 높은 지위에 있는 사람에게 비굴할 정도로 굴종하고, 자기보다 낮은 지위에 있는 사람에게 비열할 정도로 위세를 부리며 비인간적으로 대하기도 한다.

사람들을 지배하거나 자신이 무시당하지 않기 위한 최선의 방법은 가능한 한 더 높은 지위에 오르는 것이다. 한국 사람들이 내적 자기에 대한 인식이 부족한 이유는 이처럼 사회적 지위에 큰 비중을 두는 문화와 관계가 있다.

삶이란 무엇인지에 관한 질문은 자기를 어떻게 이해하는지에 관한 질문과 밀접한 관계가 있다. 누구나 가끔은 "나는 누구이기에 이런 삶을 살까?" 하는 질문을 던진다. 오직 자기 정체성에 관한 질문에 답할 때, 비로소 자기 마음 깊은 곳에 있는 갈망을 보고, 그 갈망을 따라가며 자신의 삶을 살아갈 수 있게 된다.

'삶을 어떻게 살아야 하는가'에 대한 질문보다 '삶이란 무엇인가'라는 질문이 우선되어야 함에도 불구하고, 한국 문화는 사회적 지위가 모든 것을 결정하기 때문에 사람들은 자신의 정체성과 자신의 마음 깊은 곳에서 올라오는 갈망, 그리고 자신의 미래에 대한 희망에 관한 질문을 던지지 않는다. 오히려 그들은 자신의 정체성보다는 사회적 지위를 수용하고 할 수만 있다면 더 높은 곳에 올라야 한다고 교육을 받았다.

사람들은 다양한 직업적 지위와 사회적 관계 안에서 나름 자신의 임무를 착실히 수행한다. 그런데 낮은 사회적 지위에 있는 사람들이 종속되고 무시되는 위계적 문화에서 한국 사람들은 더 높은 지위를 얻으면 성공한 인생을 살 수 있다는 믿음으로 어려서부터 경쟁적인 삶을 살아야 했다. 이로써 그들은 '나'보다는 사회적 지위에 관심을 갖게 되었다. 『남자의 탄생』을 쓴 전인권은 이렇게 고백한다.

우리 한국 사람들은 '나는 누구인가'라는 질문을 제대로 던질 수
없게 되어 있다. 처음부터 '나'가 존재하지 않기 때문이다. 청소년
시절 한때, 그와 비슷한 질문을 격렬하게 던지지만, 그것은 나가
아니라 '나의 신분'에 관한 질문이라는 것이 내 판단이다. 그러다
보니 나이가 들면, 곧 나의 신분이 높아지거나 결정되면, 나 자신
에 대한 질문은 잊어버리고 만다.[2]

사회적 역할과 역할을 하는 '나'

한국 사람들이 왜 자기다움을 살 수 없는지는 카를 융의 '페르
소나'(persona) 개념으로 설명할 수 있다. 자아(ego)는 자기(self)와
구별된다. 자아는 의식의 중심이다. 자기는 의식의 측면과 무의
식의 측면을 통틀어 전체 정신의 중심이다.[3] 자아는 의식의 성
장과 함께 어려서부터 발달한다. 부모, 교사, 교회 그리고 또래
같은 다른 사람의 기대는 자아의 발달에 크게 영향을 미친다.[4]

---

2 전인권, 『남자의 탄생』(푸른숲, 2003), 15쪽.
3 이부영, 앞의 책, 29쪽.
4 L. P. Carroll and K. M. Dyckman, *Chaos or Creation*(New York/ Mahwah, NJ: Paulist Press, 1986), 29쪽.

융은 페르소나란 "자아가 외부세계와 관계를 맺고 이에 적응해 가는 가운데 형성되는 행동양식, 일종의 기능 콤플렉스"[5]라고 했다. 이는 한 개인이 외부세계의 기대와 요구에 자신을 맞출 때 생긴다. 인생의 전반기에 자아 발달의 일차적 과제 중 하나 는 바로 이런 것이다.

> "우리를 외부세계와 연결시켜주는 일종의 공적인 이미지 혹은 마스크와 같은 페르소나를 형성하는 것이다. … 페르소나를 사용하는 것은 삶을 대하는 자아의 능력에서 필수적인 부분이다."[6]

다시 말해서, 페르소나는 우리가 일련의 역할을 수행하기 위한 타인이 원하는 가면의 집합이다. 페르소나는 우리가 살아 가기 위해 필요한 것이지만, 우리는 내가 누구인지에 대한 타인과 자신의 기대를 지나치게 동일시할 위험이 있다.[7]

사실 우리는 페르소나만으로 우리가 누구인지에 대한 진정한 감각을 가질 수 없다. 그러나 한국 문화는 사람들에게 이런

---

5   이부영, 앞의 책, 44쪽.
6   L. P. Carroll and K. M. Dyckman, 30쪽.
7   위의 책, 31쪽.

우리는 살아가며 다양한 마스크를 쓰고 산다.

이해와 다른 방식으로 살게 했다. 한국 문화는 "페르소나를 강
조하는 사회다."[8]

　사람들은 나이가 많거나 지위가 높은 사람들의 이름을 부
르지 않고 아버지, 형, 누나, 상사, 선생님 같은 사회적 관계나
직업 또는 사회적 지위를 나타내는 이름으로 부른다. 이런 문
화에서 사람들은 자신의 역할과 별개로 자기에 대한 감각을 갖
기가 어렵다. 사람들은 관계 안에서 자신의 위치, 직업, 그리고

8　이부영, 앞의 책, 45쪽.

사회적 지위가 만들어준 이름이 주는 역할을 하는 사람과 역할을 하는 자신을 혼동하기도 한다. 즉 사람들은 '사회적 역할'이라는 마스크를 쓴 사람과 마스크 안에 있는 자신을 혼동한다는 것이다.

많은 경우 사람들은 자기 자신을 사회적 관계, 직업 그리고 지위 같은 사회적 역할과 동일시하는 경향이 있다. 이렇게 사회적 역할에 충실한 삶을 사는 사람들의 문제는 "그 역할을 '페르소나' 즉 '가면'이 아니라, 실제의 자기 자신이라고 착각한다는 것이다."[9] '좋은 아빠'가 자기 자신이라고 생각하고 자기 자신보다는 '좋은 아빠'가 되려고 한다. 결과적으로 한국 사람들은 자기 자신을 아들, 아빠, 그리고 선생님과 같은 사회적 역할이라는 마스크와 지나치게 동일시하려 한다. 이것은 건강한 사람의 모습이 아니다. 왜냐하면 페르소나와 자기는 같을 수 없기 때문이다.

가끔 사람들은 마스크와 자기 자신 사이에 존재하는 분열을 인식한다. 예를 들어, 책임감 있게 자신의 역할에 충실하려고 할 때 우리는 비인간적으로 사람들을 대하기도 한다. 그래

---

9   전인권, 앞의 책, 16쪽.

서 큰 충격에 빠지기도 한다. 이때 우리들은 '내가 누구인가?'에 대해서 심각하게 질문해야 한다. 나는 사회적 규범에 충실하려는 나(마스크)와, 나 자신 사이의 분열을 통해서 진정한 나의 모습을 찾았던 경험이 있다.

나는 수도생활 전에 반도체 공장에서 엔지니어로 직장생활을 했다. 1989년 여름, 노동조합은 파업에 들어갔고, 회사는 직장폐쇄 신고를 했다. 나는 노동조합에 가입할 수 있는 직급이 아니었다. 나는 노동자들의 파업을 막으라는 지시를 회사로부터 받았다. 나는 막는 척만 하려고 했는데 여성 노동자들의 비명소리를 들으며 엄청난 충격에 빠졌다. 나는 회사에서 이탈해서 사흘 후 복귀했는데, 회사는 인사위원회에 출석하라고 통보했다. 나는 인사위원회에서 사장과 한 시간 이상 설전을 벌였다. "회사는 나에게 구사대 역할을 강요했지만 나는 엄청난 양심의 가책을 느꼈고 그래서 이탈했다. 이는 내 양심의 문제이니 회사나 당신이 나에게 이래라 저래라 할 문제가 아니다." 인사위원회는 나에게 '1개월 출근정지'를 통보했다. 같은 생산기술과 동료들이 나를 위로하려고 술자리를 만들었다. 그 자리에서 과장 대리가 나에게 "김주임, 아직도 대학생이야? 인사위원회에서 무슨 말을 해야 하는지 몰랐어?"라고 물었다. 나는 잠시 호흡을 가다듬고, "알았습니다. 그런데 그들이 원하는 대로 살고 싶지 않아서 내가 원하는 답을 말했습니다. 당신도 자식이 있을 텐데 그들에게 그렇게 살라고 요구할 겁니까?" 그는 아무 말도 하지 않았다. 아마도 못했을지도 모른다. 그런 그의 모습이 비굴해 보였다. 나는 이 일련의 사건들을 지금도 잊을 수가 없다. 가끔 나는 '내가 그때 회사가 요구하는 역할만을 이행하고 살았으면 지금 어떻게 살까?' 하고 상상해본다. 아마도 사회적으로 성공했을 수도 있었겠지만 행복하게 살고 있지는 않았을 것 같다. 아마도 나를 억압한 결과로 심한 우울증을 겪고 있을지 모른다. 그래서 그 사건들 안에서 나의 행위는 정말 올바른 판단이었다고 생각한다. 나는 이후 비굴하다는 느낌을 명확히 알게 되었다.

그러나 집단규범을 내세워 역할이라는 페르소나를 강조하면 사람들은 내가 누구인지에 대한 질문을 할 기회조차 얻지 못한다. 그래서 사람들은 창의적이고 개성 있는 사람으로 성장할 수 없게 된다. 사실 "페르소나는 전체주의 국가에서 더욱 위력을 발휘한다."[10] 경직된 문화가 사람들을 창의적이고 개성 있

<hr />

10 이부영, 앞의 책, 45쪽.

게 살지 못하게 한 것은 우리의 역사적 경험을 통해서도 잘 알 수 있다. 한편 어떤 사람들은 나이가 들면서 그동안 썼던 마스크가 가족관계 등 친밀한 관계를 발전시키는 데 제 기능을 하지 못했다는 사실을 깨닫기도 한다. 이런 사람들은 자신이 누구인지에 대한 질문을 통해서 인간 성장이 가능해진다.

한국 문화와 한국 남성들의 심리형성

사회화된 의식

한국 사람들이 자신의 삶을 살아가는 데 겪는 어려움에 대해서는 의식 발달의 관점으로 해석할 수 있다. 미국의 발달심리학자인 로버트 케건(Robert Kegan)과 리사 라헤이(Lisa Laskaw Lahey)는 함께 지은 책 『변화면역』(Immunity to Change)[11]에서 성인의 의식발달을 '사회화된 마음'(socialized mind), '자기주도적인 마음'(self-authoring mind), '자기초월적인 마음'(self-transforming mind) 이렇게 세 단계로

---

11 의식의 본질에 대한 연구서 중에 로버트 케건과 리사 라헤이의 저서의 내용을 인용한다. R. Kegan and L. L Lahey, *Immunity to Change*, Boston, MA: Harvard Business Press, 2009.

설명한다.

'사회화된 마음'으로 의미 부여를 하는 사람들은 "우리는 우리의 환경이 정의해주고 기대하는 것에 의해서 형성되었다"[12]라고 믿으며 진정한 자기를 발전시키지 못한다. 이들은 자신이 속한 사회집단의 기대에 부응하는 법을 배웠기 때문에, 자신들의 생각과 의견을 자신들의 지도자가 가진 생각과 의견으로 제한하고 지도자들의 기대와 신념 그리고 가치를 따른다. 그래서 그들은 개인적 책임과 자신의 결정에 대한 책임을 좁게 이해하고 사려가 깊지 않다.

이들은 권위에 절대 복종하는데 그 권위가 만들어놓은 규범과 기대를 얼마나 적극적으로 따르고 충족시켰는지에 따라 자신들의 성실함과 충성심을 측정한다. 이들은 자신의 생각과 의견이 없기 때문에 생각과 믿음 그리고 신념을 이해하기를 요구하는 타인과 대화를 이해하지 못한다. 오히려 그들은 다른 생각들과 개인적 의견이 그들이 속한 집단에 대한 위협이 된다고 생각한다. 그들에게 집단의 결정 과정은 다양한 의견에 관한 토론이 아니라 지도자의 의견에 복종하는 것이다.

---

12   위의 책, 16쪽.

갈등을 두려워하지 말자. 갈등을 통해 우리의 의식과 독립성을 성장시킬 수 있다.

이런 사람들은 토론이나 개인의 생각과 신념을 표현하는 것은 권위에 불충할 뿐더러 갈등을 야기한다고 여긴다. 그러나 "우리가 무엇이 우리의 목적인지를 배울 수 있는 것은 갈등을 통해서다. 어떤 경우에는 오직 갈등만이 그것을 가르쳐주기도 한다."[13] 그러므로 갈등은 개인적 의식의 성장을 가능하게 하고 자신이 누구인지를 알게 해 독립성을 성장시킨다.

---

13 J. D. Whitehead, and E. E. Whitehead, *Shadows of the Heart*, New York, NY: Crossroad, 1994, 140쪽.

사회화된 의식과 그 영향

사람들이 어떤 저명한 지도자나 사회화된 집단의 신념을 지지하도록 강요받는 사회 환경 하에서는 자신에게 주어진 자유와 행위에 대해서 어떻게 책임져야 하는지 이해하지 못할 뿐만 아니라 자신의 내적 세계에 대해서도 거의 이해하지 못한다. 로버트 케건은 오직 순응하는 것으로 전락한 성인의 정신발달 상태를 '심리적 의존'으로 설명한다. 이런 세계관은 개인의 책임을 제거하고, 그 책임을 외부의 어떤 절대 확실한 지침(infallible guide)에 돌린다.

우리는 외부의 어떤 절대 확실한 지침에 편하게 권위를 부여하고 그 권위에 우리의 충성과 성실, 그리고 신념을 맹세하는데, 사실 이것이 심리적 의존의 본질이다. [14]

다시 말해서 공동체의 특징이 권위적인 지도자와 시스템이라고 한다면, 그 공동체에서 개인의 책임감은 성장할 수 없다. 한국의 군부 독재정권은 국가 주도적인 경제개발 정책을

---

14   R. Kegan, *In Over Our Heads*, Cambridge, Massachusetts/London, England: Harvard University Press, 1994, 112쪽.

펼쳤다. 이 기간에 한국 남자들은 저임금에 장시간 노동을 강요당했음에도 국가의 권위에 복종하고 이를 국가를 위한 희생과 충성이라고 생각하기도 했다. 물론 여기에는 당연히 생계를 위한 개인적인 욕구도 있었을 것이다.

하지만 "복종이 오로지 높은 지위에 있는 사람에게 집중된다면, 그것은 맹목적 복종이 되어 사람들로 하여금 세상에 눈이 멀게 한다."[15] 한국의 권위주의 정권은 충성스러운 국민에게 이런 맹목적인 복종을 기대했다. 앞장에서 언급했듯이 영화 〈1987〉에서 상급자의 지시를 맹목적으로 받아들이는 부하의 모습이 그 좋은 예다. 이런 방식으로 충성스러운 국민은 국가와 상급자에 굴종했다.

한편 우리는 국가 주도적인 경제개발 시기에 보여준 희생이 진정한 희생인지 생각해봐야 한다. 국가에 대한 국민의 희생은 자발적이라기보다는 권위적인 지도자들에 의해 강요된 희생이었다고 봐야 할 것이다. 또 '사회화된 의식'(Socialized Consciousness)을 가진 사람들은 진정한 자기를 발전시키지 못하고, 자신을 국가와 사회규범과 지나치게 동일시한다. 그러므로

---

15 D. Soelle, *Beyond Mere Obedience*, Tr. by Lawrence W. Denef, Minneapolis, Minnesota: Augsburg Publishing House, 1970, 27쪽.

그들이 보여준 희생은 나의 도움을 절실히 필요로 하는 국가에 나를 주는 행위가 아닌 사회적 기대에 순응하는 행위가 되는 것이다.

사실 많은 한국 사람, 특히 남자들은 권위주의 사회문화에서 자기에게 주어진 역할을 기능적으로 잘 수행하도록 양성되었다. 반면에 정서적 발달은 기대하기 어려웠고, 이로써 진정한 자기 자신을 찾을 수 있는 것도 어려웠다. 왜냐하면 우리의 감정은 내가 누구인지를 잘 알려주는데, 기능적 역할을 잘하도록 양성된 사람들은 자신의 감정을 파악하기 어려워 진정한 자기에 대한 지식과 원의를 알지 못하기 때문이다. 또 타인과 정서적 관계를 맺기 위해서 감정이 개입되어야 하지만, 자신의 감정을 파악하지 못하기에 타인과 관계에서 자신을 어떻게 표현해야 하는지도 모른다.

진정한 희생이란 자신을 내어주는 행위다. 그런데 진정한 자기에 대한 지식 없이 어떻게 타인을 위해서 또는 사회를 위해서 자신을 내어주는 것이 가능하단 말인가?

이들의 국가를 위한 희생은 진정한 자기에 대한 지식을 통한 진정한 자신을 내어주는 희생이 아니었을 것이다. 어떤 면에서 이런 희생은 이념으로서 강요된 희생이었을 것이다. '대를 위한 소의 희생!'이 단적인 예다. 이런 이념으로 자신의 원의를 억압하며 원하지 않는 희생을 스스로에게 강요할 수 있다. 이 것이 사회화된 의식 상태에서 말하는 희생이다.

이렇게 진정한 자기를 찾지 못하고 자신을 내어주지 못하는 사람은 자신을 타인과 친밀한 관계로 발전시키지 못하고 고립된 삶을 살아야 한다. 이들이 '사회화된 의식 상태'를 넘어 자신이 누구인지를 알고 진정한 자기의 원의를 좇아 살아가는 '자기주도적 의식 상태'로 의식 발달할 때, 그들은 비로소 자신을 타인에게 내어주며 타인과 친밀한 관계로 발전할 수 있게 된다.[16]

'사회화된 의식 상태'를 넘어 '자기주도적 의식 상태'로

'상명하복'이라는 권위주의 문화에서 한국 사람들은 '나는 누구인가?'라는 질문을 자기 정체성에 관한 질문이 아닌 지위의 높고 낮음이라는 '나의 신분'에 관한 질문으로 이해했다. 그리고 한국 문화에서 개인은 진정한 자기 자신에 대한 지식을 확보하

---

16 R. Kegan, *In Over Our Head*, 1장 참고.

상명하복은 창의성과 개성을 말살함으로서 사회를 경직되게 만든다.

기보다는 자신에게 주어진 다양한 역할 중 좋은 사람, 예를 들어 좋은 아버지, 좋은 선생님이 되려고 노력하고 그 역할 자체를 자기라고 생각했다. 심리학자 융의 설명을 빌리자면, 한 개인이 외부 세계의 기대와 요구에 자신을 맞출 때 생기는 페르소나를 자기 자신으로 이해한다는 것이다.

전체주의 환경에서 이 페르소나는 더욱더 위력을 발휘하기에 경직된 사회문화에서 사람들은 창의성과 개성을 잃고 획일화된 삶을 살 수밖에 없게 된다. 한편 이렇게 경직된 사회문화에서 사는 사람들의 의식 발달 상태는 '사회화된 의식 상태'에 머물게 된다. 이런 의식 상태에서 사람들은 사회규범과 기대에 지나치게 순응하며 정치 지도자와 상급자의 권위 및 지시를 어떠한 의심도 없이 따르는 '심리적 의존 상태'에 머물게 된다. 이런 사람들은 '대를 위한 소의 희생'이라는 이념을 신주단지 모시듯 떠받들고 권위적인 지도자와 국가의 요구를 따르는 것을 희생이라고 생각했다.

그러나 희생이란 진정한 자기를 내어주는 행위이기에 진정한 자기에 대한 지식이 없이 희생이란 가능하지 않다. 그들이 국가를 위해서 한 행위는 어떤 면에서 강요된 희생이었거나 권위주의자들이 만들어놓은 사회적 규범과 기대에 대한 순응이었다고 할 수 있다.

사람들이 '사회화된 의식 상태'를 넘어 '자기주도적 의식 상태'로 성장해 진정한 자기에 대한 지식을 확보할 때, 비로소 그들의 희생이 자기를 내어주는 행위가 되고 이로써 타인과 더 친밀한 관계를 맺고 삶을 풍요롭게 가꿀 수 있게 된다.

중년의 개성화 과정

진정한 자기가 되어가는 과정

한국 남자들은 문화적 경직성으로 인하여 내면의 갈망을 따르지 못하고 수치심을 내면화했다. 그래서 그들은 자율적이고 자기 주도적인 삶을 살기보다는 '사회화된 의식'을 가진 사람으로 성장하여 사회집단의 기대에 순응하는 삶을 살았고 지도자들의 권위에 의존하는 삶을 살게 되었다. 그래서 그들은 성숙한 성인으로서 자신의 진정한 정체성을 발달시키지 못해서 일터에서 해고당하는 위기 상황이 오면 내적 방향성을 잃고 방황하였다.

이번 장에서는 한국 남자들이 '자기주도적 의식'을 갖는 데 도움이 될 수 있는 개성화 과정에 대해서 논할 것이다. 한국 남자들은 변화된 사회 경제적 환경에서 방황하며 "나는 누구인가?" 그리고 "나는 어디에 속하나?" 같은 중년기의 인생발달에 관한 질문(Developmental Question)에 직면하게 되었다. 그들은 이 질문에 답하기 위해서 개성화 과제를 수행함으로써, 자신이 누구인지, 그리고 성숙한 사람이 되려면 무엇을 선택해야 하는지 알게 될 것이다.

중년기의 과제

남자들이 인생의 위기에 직면했을 때 그것은 어떤 물리적인 문제라기보다는 젊음/늙음, 남성다움/여성다움, 파괴/창조, 그리고 애착/분리[1] 같은 인생의 양극성에서 비롯된 잘못된 선택과 관계된 문제인 경우가 많다. 많은 경우 남자들은 늙음보다 젊음을, 여성적인 것보다 남성적인 것을 선호하며, 파괴와 분리를 부정적으로 보는 경향이 있다. 이런 경향은 결과적으로 일방적이고 균형 잃은 삶을 초래한다.

사실 많은 사람들은 이런 삶의 양극성을 대하면서 긴장을 피하기 위해 한쪽을 선택하고 다른 한쪽은 배제하는 경향이 있다. 이는 삶을 대하는 건강한 모습이 아니다. 이는 선택의 문제가 아니라 균형의 문제이다. 우리에게 필요한 것은 두 극단 사이의 창조적 긴장을 유지하는 자세이다.

레빈슨은 중년기에 들어선 남성들이 진정한 자기 자신이 되고자 한다면 인생의 양극성 사이에 균형을 잡는 것이 중요하다고 강조한다.

1 　대니얼 레빈슨, 앞의 책, 330쪽.

중년기는 인생의 주기상에서 가장 사랑스럽고 창조적인 계절일
수 있다. 이들은 야망, 본능적인 충동, 젊은 날의 환상 등의 횡포
로 인한 시달림을 덜 받게 된다. 이들은 타인들에게 더욱더 깊게
애착을 형성할 수 있으면서도, 세상으로부터 자신을 분리해 자신
의 내면에 주의를 기울일 수가 있다.[2]

그러므로 사람들은 중년의 양극성 통합이라는 작업을 통해
서 더 자유롭고 진정한 삶을 살도록 초대된다.

젊음/늙음 양극성

레빈슨은 '젊음/늙음'이라는 양극성의 균형이 모든 발달적 변화
에서 안정을 위한 주요 과제라고 강조한다.[3] 청년기에 사람들
은 외부 직업의 일과 관계에 몰두하며 인생의 성공을 위해 사
회 문화적 기대에 부응하려고 노력한다. 이 시기에 사람들이
젊음의 주요 요소인 신체적 건강을 중요하게 여기는 것은 자연

---

2   위의 책, 383~384쪽.
3   위의 책, 330쪽.

스런 현상이다. 그래서 사람들은 자연스럽게 삶과 활력을 젊음으로, 그리고 죽음과 쇠락을 늙음으로 연결하며 늙음보다 젊음을 선호한다. 문제는 누구도 늙어가는 것을 피할 수 없고, 사람들은 나이가 들어가며 상실감을 경험하게 된다는 것이다.

중년기에 접어들면 자녀들이 결혼해서 독립해 떠나는 것과 신체적 허약함을 경험하고, 주변의 지인과 친지들의 병고와 죽음을 접하게 된다. 이런 중년의 상실감은 종종 사람들이 "흔히 죽음을 면할 수 없다는 인식과 더불어 점차 다가오는 죽음에 대한 두려움에 정면으로 맞닥뜨리게 한다."[4] 이로써 사람들은 나이 듦을 피할 수 없을 뿐만 아니라, 나이가 드는 것은 자연스럽다고 깨닫게 된다. 그러므로 중년의 도전은 늙음과 젊음을 다른 관점에서 보게 한다.

젊음/늙음은 단순히 나이의 적고 많음을 의미하지 않는다. 우리는 생물학, 심리학 그리고 관계의 능력에서 매 순간 상대적으로 젊기도 하고 늙기도 한다. 그러므로 젊음은 가능성, 에너지, 잠재력을 의미하며 늙음은 완성, 안정성, 지혜를 의미한다.[5] 우리는 이 둘 중 하나를 선호해야 하는 것은 아니다. 이 두

---

4   메리 다피츠, 남학우·김효성 옮김, 『정오에서 해질녘까지』 성바오로출판사, 2003, 79쪽.
5   대니얼 레빈슨, 앞의 책, 331쪽.

요소는 우리에게 모두 필요하다. 이 말은 우리가 이 둘 사이에 균형을 이루어야 한다는 의미다.

남성은 이전의 젊은 성질 중 어떤 것은 포기해야 하는 반면에 - 약간 후회하면서, 어느 만큼은 안도나 만족감을 느끼고 - 새로운 삶 속에 통합할 수 있는 다른 성질은 보유하거나 변형시켜야 한다.[6]

그러나 우리는 이런 삶의 자세에 쉽게 도달하지 못한다. 소수의 사람만이 과거 자신의 기술과 경력이 반드시 성공적인 미래를 보장하지 않는다는 것을 깨닫는다.

대부분의 사람이 퇴직하거나 직장을 잃으면 상실감에 직면한다. 실제로 한국의 많은 노동자가 1997년 외환위기 이후 실직에 노출되었다. 많은 사람이 비교적 이른 나이인 40대에 정리해고 되거나 조기퇴직을 강요당했다.

자신감을 잃은 실직 노동자들은 스스로를 성적 발기부전에 비유해 '고개 숙인 남자'라 부르곤 했다. 이들에게 나이가 드는 것은 쓸모없는 사람이 되는 과정이다. 최악의 경우 어떤 사람

---

6   위의 책, 332쪽.

실직, 실패, 소외감, 좌절… 오늘의 한국 남자들이 숙명처럼 짊어져야 하는 말들이다.

들은 가출을 하거나 스스로 목숨을 끊었다. 이런 자기 비하는 개인적 관계와 가족관계의 와해를 초래했다. 그들은 자신들의 존재에 대한 가치나 희망을 보질 못했다.

그렇지만 늙어간다는 것이 반드시 무의미하지는 않다. 그리고 실패의 순간도 인생에서 매우 중요한 경험이다. 이 순간은 그들이 자신의 정체성과 소속감 그리고 관계를 다룰 수 있는 중요한 전환점이 되는데, 이는 젊음과 늙음이라는 양극성의 균형을 통해서 가능해진다.

그들은 다른 직업을 선택하거나 완전히 다른 일을 할 수도 있다. 그러나 어떤 경우에는, 특히 요즘 같은 상황에서 실직자들은 일자리를 구할 기회조차 얻지 못할 수도 있다. 이런 경우 다른 측면의 삶, 예를 들어 가족들에 투자하는 삶도 바람직하다. 경제적으로 압박이 없다면 그동안 하지 못했던 취미활동을 하거나 여가를 즐기는 것도 나쁜 선택은 아니다.

새로운 일을 시작하려면 젊음의 활력이 필요하다. 그러나 삶의 풍요를 위해서 나이 듦의 지혜도 필요하다. 이 두 극은 분리되어야 하는 것이 아니라 우리 사회에서 그리고 개인의 삶 안에서 균형을 이루어야 한다. 이렇게 균형을 잡은 사람들은 청년들이 자신들의 도전을 이해하고 자신들의 인생 프로젝트를 다루도록 지혜와 경험을 제공함으로써 그들과 함께 어울릴 기회를 가질 수 있다. 그러므로 이 젊음과 늙음이라는 양극성의 균형은 한국 중년기 남자들에게 매우 중요한 인생발달 과제라고 하겠다.

남성성/여성성 양극성

현재 성소수자(게이/레즈비언/양성애자/트랜스젠더)의 정체성을 이해하기 위한 다양한 형태의 움직임이 있지만, 많은 문화권에서 사람들은 다양한 성정체성에 대한 이해 없이 고정된 성역할을 강요받았다. "남자는 남성적이고 여자는 여성적이며 아무도 양쪽이 다 될 수는 없다."[7] 이러한 문화 환경에서 남성성은 "신체적으로 강하고, 도구를 잘 다루며, 목표 및 성취 지향적이고, 감정과 대인관계 기술이 부족하며, 여자에 대해 지배적인 방식으로 관계를 갖는"[8] 것으로 여겨지는 반면 여성성은 육체적으로 힘이 부족하고, 관계적이고, 배려와 정서적 요소로 여겼다.

더욱이 정신과 육체를 분리해, 남자를 정신에 여자를 육체와 동일시해 남성이 여성보다 우월하다는 성적 이원론은 "남자에 대한 여자의 구조적 종속"[9]을 가능하게 했다. 이런 성적 이원론과 고정된 성역할은 남자들이 자신은 물론이고 사회에서 여성성을 억압하거나 거부하게 하는 기제로 작용했다.

위계적인 문화에서 성장한 한국 사람 중 많은 남자가 관계적이지 못하다. 여기엔 몇 가지 이유가 있다.

첫째로 남자들은 강력한 힘 또는 권력을 남성성과 그리고 약함을 여성성과 연결하는 경향이 있다. 그들은 약함이 드러나

---

7 위의 책, 361쪽.
8 J. Nelson, *The Intimate Connection: Male Sexuality, Masculine Spirituality*, Louisville, KY: The Westminster Press. 1988, 19쪽.
9 위의 책, 22쪽.

길 원치 않는다. 자신의 약함을 드러내지 않기 위해 경직되거나 융통성 없는 사람으로 행동하기도 한다. 아마도 남성성을 강함만으로 이해하며 여성성에 대해 지나치게 불안을 느끼는 극단적 형태는 권위주의적인 성격일 것이다.[10] 권위적인 성격을 가진 사람들은 타인과 친밀한 관계를 발전시킬 수 없다. 우리는 타인과 친밀한 관계를 발전시키기 위해서는 충분히 약해져야 한다.[11]

둘째로 남성성을 독립적인 것의 하나로 이해하는 남자들은 친밀함과 애착을 느끼는 것을 수치스러워하는 경향이 있다. 왜냐하면 친밀함과 애착 같은 감정은 남자들에게 강하고 자기 지배적이고 영웅적인 내면의 삶을 살 수 없다는 것을 의미하기 때문이다.[12] 그들이 자신들의 삶에서 실패와 상실을 받아들일 수 있을 때까지 수치심은 그들을 자신들이 속한 집단에서 격리시킨다.[13] 이것이 남자들을 관계적인 사람이 되기 어렵게 하는 또 다른 이유다.

셋째로 남자들은 사고를 남성적인 것으로 감정을 여성적

---

10 대니얼 레빈슨, 앞의 책, 366쪽.
11 J. Nelson, 앞의 책, 71쪽.
12 S. Osherson, *Wrestling with Love*, New York: Fawcett Columbine, 1992, 46쪽.
13 위의 책, 35쪽.

인 것으로 여기고, 자신의 일을 "매우 비인격적인 방식"으로 수행하며 성장했다. 이들에게 "의존성, 친밀감, 비애, 관능적 취향(sensuality), 취약성을 함축하는 감정은 허용되지 않는다. 이와 같은 감정들은 어린애다움과 여성성과 연결되어 있기 때문이다."[14] 그러나 감정이 공유되지 않는 한 친밀한 관계는 있을 수 없다.

마지막으로 한국 문화에서 남자들은 관계적 역할보다는 기능적인 역할에 충실하다. 남자들의 젠더 사회화에 가장 큰 영향을 준 것은 병역의무를 이행하는 군대 경험이다.

(군대에서 남성우월의식을 강화하기 위해 강조되는 것이) '국가 - 군대 - 남성'이라는 연결망 속에 던져진 '사나이'의 자긍심 고취다. 국가수호라는 숭고한 임무는 남성에게만 주어진 영광이며, 이를 위한 고된 훈련과 작업은 남성만이 할 수 있는 경험이기 때문에 남성은 군대 경험을 할 수 없는 여성보다 우월한 존재임을 끊임없이 인식시킨다.[15]

14　대니얼 레빈슨, 앞의 책, 367쪽.
15　조성숙, 「군대문화와 남성」, 『남성과 한국 사회』, 여성한국사회연구회 편, 한국사회문화연구소, 1997, 160쪽.

그뿐만 아니라 남자들은 군대를 통해서 서열에 따라 권력이 정해지고 심지어 서열이 사람조차 규정하는 위계적인 군대문화를 습득한다. 권력에 대한 이러한 이해는 남자를 폭력적이며 권위적인 정체성의 한 형태인 권력지향적인 사람으로 만들어낸다.[16] 따라서 이런 군대문화의 영향을 받은 한국 남자들은 자신의 정신세계 안에서 여성적인 극성을 인식할 수 있는 기회를 문화적으로 박탈당했다.

군대문화의 영향을 크게 받은 기업문화 역시 수단과 방법을 가리지 않고 과업을 수행하는 강한 남성성을 선호한다. 그러나 "남성다움이 강하게 요구되는 사회에서는 권리보다는 의무가 강조되어서 결국은 자신의 욕구나 희망과는 전혀 상관없는 사람으로 살게 되는 것은 어쩌면 당연한 귀결인지도 모른다."[17] 그래서 남자들은 자신의 욕구와 희망을 억누르고 사회적 기대를 의무로 따르는 것을 배운다. 이로써 이들은 자신의 내면세계로부터 고립된다. 이러한 이유로 남자들이 타인과 친밀한 관계를 발전시키는 것을 어렵게 만든다.

---

16 위의 책, 166~167쪽.
17 손승영, 「기업과 남성」, 『남성과 한국 사회』 여성한국사회연구회 편, 한국사회문화연구소, 1997, 211쪽.

그러나 "융의 표현을 빌리자면, 모든 인간은 남성성과 여성성의 충만함이 있는 양성적이며, 각 성별의 가장 좋은 특성을 가질 수 있는 능력이 있다."[18] 여성성은 남자의 성격에 불필요한 부분이 아니다. 그러므로 남자들은 자신의 성격 안에 여성적인 면을 받아들여야 한다. 레빈슨은 남자들이 다른 사람들과 관계를 맺기 위해서 받아들여야 하는 여성성에 대해서 이렇게 말한다.

여성적이 되는 것은 신체적으로 힘과 정력이 부족한 것이며, 사고보다는 감정과 더 관계를 맺는 것이다. … 이러한 관점에서, 한 남자가 부드럽고, 의존적이며, 최상을 위해 투쟁한다기보다는 차선책을 받아들이도록 이끄는 것은 그 안에 있는 여성성이다. '감정'의 깊은 심연을 경험하는 것, 민감하고, 복종적이며, 심미적인 것은 그의 여성적인 성향이다.[19]

이를 위해서 남자들은 "여성들이 일상생활에서 더욱 넓고 자유로운 역할을 하도록, 즉 여성들의 감수성을 발달시키고

---

18 P. Carroll & K. M. Dyckman, 앞의 책, 65쪽.
19 대니얼 레빈슨, 앞의 책, 368쪽.

그들의 관계 맺는 능력을 더욱 활용하도록 허용할 필요가 있다."[20] 그러므로 남자들이 여성적인 면을 스스로 포용할 때 더욱더 관계적인 사람이 될 수 있다. 이는 한국 남자들에게 매우 도전적인 과제이기도 하다.

파괴/창조 양극성

파괴/창조 양극성을 다룰 때 갖게 되는 근본적 질문은 "내가 준 상처와 남이 나에게 준 상처를 어떻게 창조적으로 다루는가"[21] 하는 것이다. 나는 이 질문이 우리가 관계를 맺고 권력을 행사하는 방법에 대한 것으로 이해한다.

> "위대한 선을 행할 힘을 갖기 위해, 우리는 약간의 악을 저지르리라는 것을-그리고 결국 선보다는 악을 더 많이 행하리라는 것을 알아야 한다."[22]

---

20   메리 다피츠, 앞의 책, 82쪽.
21   P. Carroll & K. M. Dyckman, 앞의 책, 64쪽.
22   대니얼 레빈슨, 앞의 책, 353쪽.

친밀한 관계는 상대의 목소리에 귀 기울이는 것부터 시작된다.

즉 우리는 의도치 않게 누군가에게 해를 끼칠 수 있다. 권력의 문제는 우리가 가진 파괴적인 힘을 의식하지 않고 권력을 행사할 때다. 또 이 질문은 우리가 딱딱하고 까다로운 사람과 쉽고 부드러운 사람 사이에 어떤 종류의 사람이 되고 싶은가와 관련이 있다.

딱딱하고 어려운 사람은 인간관계에서 경직되고 융통성이 없다. 이런 사람들은 위계적인 한국 문화 안에서 자신들이 가진 권력을 나누기보다는 타인을 통제하기 위해서 권력행사를 한다. 그들은 타인에게 관대하지 않고 일방적이다. 그러나 쉽고 부드러운 사람은 관계적이고, 그들이 맺는 인간관계는 생산적이다. 이런 사람들은 "새로운 사고에 열린 사람이며, 타인에게 귀 기울이고 배우는 사람이고, 사상이나 의견이 융통성 없거나 굳어버린 과거방식에 얽매이지 않는 사람이다."[23]

또 이들은 "다른 사람과 친밀한 관계를 이루고 그들의 삶을 풍성하게 하는 데 더 큰 관심을 기울이도록 부추기는 자질"[24]을 갖고 있다. 그러므로 다른 사람들을 격려하고 생산적 관계를 만드는 것이 얼마나 중요한지 한국 남자들은 깨달아야 한다.

애착/분리 양극성

애착/분리 양극성과 관련한 기본적인 질문들은 "내가 진실로 원하는 것은 무엇인가? 내 인생에 대해서 나는 어떻게 느끼고 있는가? 미래에 나는 어떻게 살 것인가?"[25] 하는 것들이다. 이런 질문들은 사회적 기대와 문화를 자신과 지나치게 동일시함으로써 생기는 '거짓 자기'가 아니라 '진실한 자기'에 대한 질문이다.

---

23 메리 다피츠, 앞의 책, 93쪽.
24 위의 책, 86쪽.
25 대니얼 레빈슨, 앞의 책, 380쪽.

우리는 자기 자신에 대해서 더 많은 관심을 가질 필요가 있다. 성숙한 어른이 된다는 것은 내적 갈망과 진정한 자기의 욕구를 추구할 수 있어야 한다는 것이다. 이를 위해서 외부세계와 분리될 필요가 있다. 더욱더 진정한 자기가 될수록 우리는 사회적 기대에 덜 집착하게 되고 더 자유로워진다.

한국 문화에서 중년기의 남자들은 가정을 위한 생계 부양자라는 사회적 정체성에 강한 애착이 있다. 이것은 어떤 의미에서 매우 무거운 짐이다. 자신이 생계 부양자라는 정체성에 더 많이 집착할수록 직장에 더 많이 집착하게 되고, 자신의 내적 갈망에 대해서 덜 관심을 두게 된다.

그러나 그들에게 필요한 것은 진정한 자기가 되는 것이다. 이를 위해서 그들은 사회적 기대로부터 분리되어야 한다. "중년기의 중요한 발달과제는 자기의 욕구와 사회의 요구 사이의 균형을 더욱 이루어가는 것이다."[26] 이런 개성화 과정은 한국의 중년기 남자들에게 중요하다. 왜냐하면 많은 사람이 사회적 지위와 역할 그리고 진정한 자신에 대한 감각 사이에서 혼돈을 겪어 진정한 자기를 알지 못하기 때문이다.

---

26   위의 책, 382쪽.

진정한 자기 자신이 되기 위하여

한국의 중년 남자들이 "나는 누구인가?" 그리고 "나는 누구에게 속하나?" 같은 중년기의 인생발달에 관한 질문에 답하기 위해서 개성화의 과제를 수행하는 것이 필수이다. 이를 위해서 그들은 자아를 성장 발달시켜야 하고 함께 진정한 자신이 되어야 한다. 이런 의미에서 그들은 젊음/늙음, 남성성/여성성, 파괴/창조, 애착/분리의 양극성의 균형을 이루는 것이 중요하다.

사람들은 많은 경우 긴장을 피하기 위해서 양극 사이에 어떤 하나를 취하는 경향이 있다. 불행하게도 한국 문화의 경직성은 한국 남자들에게 인생의 양극성 사이에서 한쪽을 선호하고 다른 한쪽은 배제하도록 가르쳤다. 이런 사회문화적 환경은 남자들에게 진정한 자신에 대한 지식을 갖지 못하게 할 뿐만 아니라 이들에게 삶 안에서 많은 갈등에 직면하게 한다. 그러나 성숙한 사람이 된다는 것은 그런 긴장 사이에 창조적 긴장을 유지하는 것이다.

인생의 양극성 사이의 균형을 이룬 사람은 여유를 가지고 삶을 즐기게 된다.

첫째, 세월의 지혜를 살 수 있게 된다. 누구나 나이가 들면 젊음을 회복할 수 없다. 하지만 사람들은 삶의 다른 자질을 개발하여 새로운 삶에 통합시킬 수 있다. 이것이 나이가 주는 지혜를 수용하는 방식이다.

둘째, 관계적인 사람이 될 수 있다. 남성성/여성성의 균형을 이룬 남자들은 여성성을 수용함으로써 타인에 공감하고 더 친밀한 관계를 만들 수 있게 된다.

셋째, 타인에게 관대해진다. 한국의 남자들은 나이가 들수록 까다롭고 어렵고 경직된 사람이 되기도 한다. 그래서 종종 타인에게 상처를 주기도 한다. 따라서 중년 남자들은 자신 안의 까다롭고 파괴적인 힘을 의식하고 좀 더 쉽고 관대해지려고 노력할 필요가 있다.

마지막으로 중년 이후의 삶은 나다움을 사는 것이다. 한국 남자들은 생계 부양자로서의 사회적 정체성에 집착하는 경향이 있다. 그러나 그들은 진정한 자기 자신이 되기 위해서 사회적 기대로부터 자신을 분리하고, 내적 욕망을 발견하고 발전시키도록 노력할 필요가 있다.

성인 영성: 성숙한 성인되기

자신을 보호하고 타인과 관계도 발전시키기

풀잎에도 상처가 있다

꽃잎에도 상처가 있다

너와 함께 걸었던 들길을 걸으면

들길에 앉아 저녁놀을 바라보면

상처 많은 풀잎들이 손을 흔든다

상처 많은 꽃잎들이

가장 향기롭다

— 정호승, 「풀잎에도 상처가 있다」

많은 사람이 인생의 행복과 성공을 갈망한다. 그리고 희망이 사라지면 사람들은 절망의 나락으로 떨어지기도 한다. 그러나 삶은 우여곡절이 있다. 절망적 상황도 그 우여곡절의 일부다. 실패도 그리고 상처조차도 역시 삶의 일부다. 이 실패와 상처를 잘 끌어안을 때, 예상했던 삶과 전혀 다른 새로운 삶이 시작된다. 그래서 시인은 "상처 많은 꽃잎들이 가장 향기롭다"고 했다.

우리 인생도 여전히 향기로 가득 찰 수 있는 희망이 있다.

그러나 이는 수용과 통합을 통해서 가능하다. 사실 중년의 과제는 인생의 목표와 의미에 대해서 고민하며, 타인과 자기 자신과의 관계를 재설정하고, 긍정적이든 부정적이든 삶의 경험을 통합하는 것이다. 이는 모든 사람이 직면한 영적 과제다. 이러한 삶의 경험을 통합한 성숙한 성인은 관계의 상호성, 구현된 자기(embodied self), 감정의 통합, 친밀감, 그리고 성인으로서 자신의 삶에 책임질 수 있는 능력을 갖추게 된다.[1]

영성은 인간 삶의 모든 측면을 포함한다. 그래서 영성은 "인간이 되어가는 모든 것"[2]이라고 말할 수 있다. 영적인 사람은 인간의 조건을 진지하게 받아들이고 자신의 갈망과 동경뿐만 아니라 부정적인 감정과 경험까지 인간 삶의 모든 측면을 통합

---

1   존 쉐이(John Shea)의 다음 두 책을 참고하길 바란다. ① *Finding God Again: A Spirituality for Adults*, New York, NY: Rowman&Littlefield Publishers, 2005. ② *Adulthood, Morality, and the Fully Human*, Lanham, MD: Lexington Books, 2018.

2   Carla Mae Streeter, *Foundations of Spirituality*, Collegeville, MN: Liturgical Press, 2013, Introduction xvi. "많은 사람에게 종교에 대한 이해는 공동체의 예배나 기도 또는 더 높은 존재와 연결되기 위해 특별한 공동체에 속하는 부르심이라고 하는 반면, 영성은 좀 더 통합적이고 관계에 대한 포괄적인 방법이다."

하려고 한다.

　중년기는 우리가 기능적인 삶을 벗어나, 마음 깊은 곳의 갈
망과 만나고, 우리 내면의 진정한 자기와 타인, 세상과 하느님
또는 신비와 더 깊이 연결되도록 우리를 초대한다. 성서학자인
산드라 슈나이더는 영성을 인생의 의미와 목적을 찾기 위한 인
생 전반에 걸친 투신으로 "자기에게 흡수(selfabsorbtion)되거나 고
립되지 않고 자기를 초월해 자신의 삶을 자기가 인식하는 궁극
적인 가치를 향해 의식적으로 통합하려는 경험"[3]이라고 설명한
다. 나는 이런 통합적인 접근으로 한국 남성들을 위한 성숙한
성인 영성에 대해서 논하도록 하겠다.

3　Sandra Schneiders, *Beyond Preaching: Faith and Feminism in the Catholic Church*,
　Mahwah, NJ: Paulist Press, 2004, 73쪽.

성숙한 성인

우리의 인생은 성숙한 인간이 되어가는 여정이다. 그런데 사람은 단순히 나이가 드는 것만으로 성숙한 사람이 되지 않는다. 성숙한 사람이 되는 것은 깊은 성찰의 과정을 통해서 이루어진다. 깊은 성찰의 기회를 제공하는 것은 관계의 어려움, 실패, 혼돈의 상태와 같은 부정적 체험을 하는 순간이다. 이런 경험을 할 때 우리는 부정적 상태로부터 스스로를 고립시키지 말고 자신을 있는 그대로 보려고 노력해야 한다. 특별히 자신이 알게 된 자신의 부정적인 모습들을 있는 그대로 보고 인간의 조건으로 끌어안으려는 노력이 필요하다.

청년기는 인생에 성공하기 위하여 세상에 적응하며 사는 방식을 배우는 시간이다. 그런 면에서 청년기에 삶의 부정적인 모습을 있는 그대로 받아들이기는 쉽지 않다. 오히려 사람들은 잘못된 신화를 따라가며 삶의 부정적인 체험들을 무시하거나 외면하려 한다. 그래서 청년기에 속한 사람들은 부정적인 체험에 대한 성찰보다 그 체험을 긍정적인 성취로 바꾸려고 부단히 노력하는 경향이 있다.

예를 들면, 외로움과 같은 체험은 청년들이 대면하려는 삶의 체험은 아니다. 이는 중년의 삶의 주제일 것이다. 나도 개인적으로 청년기에는 이 외로움을 대면하기보다는 외로움을 잊을 수 있는 다른 대안들을 더 많이 고민했다. 어떤 의미로 나는 외로움을 나의 삶에서 없애버릴 수 있다고 생각했던 것 같다. 그래서 외로움이라는 빈 마음에 무언가를 채워 넣으려고 노력했고, 나중에 그것이 부질없는 짓임을 깨닫게 되었다. 외로움을 인간의 조건으로 받아들이고 적극적으로 끌어안기 시작하면서 나의 삶은 과거 외로움을 없애기 위해서 끊임없이 어떤 일을 만들려고 했을 때보다 매우 안정이 되었다. 그렇다고 내가 외로움을 느끼지 않는다는 말은 아니다. 외로운 나와 함께 살 수 있는 내적 힘이 생긴 것이다.[4]

잘못된 신화를 거슬러 인간의 조건을 받아들인다는 것은 나를 만드신 분을 받아들인다는 의미와 같다. 그리고 우리는 자신과 하느님에 대해서 새로운 인식을 갖게 된다. 이렇게 우리가 다른 시각으로 자신의 삶을 새롭게 인식하고 이해가 깊어질 때가 바로 회심의 순간이다. 청년기를 넘어 중년기로 전환은 바로 회심으로의 초대이다.

---

4   나는 이 중년기로 초대하는 체험을 부록('외로운 나와 같이 살기')에 수록해놓겠다.

사실 사람들이 성인이 되어 중년기와 노년기를 거치며 내적 자기와의 관계, 타인과의 관계, 그리고 하느님 또는 절대자/신비의 경험에 대한 이해에 중요한 변화를 겪는다. 그래서 "성인 자기(adult self)는 인간 발달이 달려 있는 핵심적인 실제다. … 만일 우리가 인간 발달을 진지하게 받아들인다면 우리는 성인기를 진지하게 받아들일 수 있다."[5] 성숙한 성인은 이렇게 인생의 모든 경험을 통합하고, 나 자신과 타인, 세상 그리고 더 나아가 절대자를 새로운 각도에서 보고 더 깊은 관계를 맺는다.

관계의 상호성Mutuality

우리는 어려서부터 가정에서 가족들, 학교 및 동네에서 친구들과 교사들, 그리고 지역사회에서 많은 사람과 사회적 관계를 맺는 것을 배우며 살았다. 개인적인 경험일 수 있지만, 어릴 때 부모와 관계를 맺는 방식은 매우 조건적이었던 것 같다. '상선벌악'이라는 사회적 문법을 배우는 계기가 되기도 했지만, 나

---

5   J. Shea, *Finding God Again: A Spirituality for Adults*, "Introduction"

사람은 상호존중을 통해 함께 성장한다.

자신 안에서 올라오는 갈망을 자주 억압하고 어른과 사회가 요구하는 것을 억지로 몸에 익히는 과정이기도 했다.

이런 억압이 너무 지나치면 나는 주체하지 못할 분노를 터뜨리곤 했다. 흔한 말로 골을 부리는 것이 내가 할 수 있는 모든 것이었다. 그래서 나는 지금도 권위를 대할 때마다 나의 미성숙함을 의식한다. 이렇듯 사람들이 맺는 관계는 매우 일방적이고 권위적이었다.

이런 권위적이고 일방적인 관계는 건강하지 않다. "위계적 문화와 관계는 한 개인의 선한 지향과 자유를 인정하지 않고 다른 어떤 사람에게 종속시킨다."[6] 그러므로 이런 건강하지 않은 문화와 관계 안에서 사람들은 성숙한 사람으로 성장하지 못한다.

사람들은 위계적으로 확립된 관계가 아니라 상호존중을 통해서 성장한다. 상호성 안에는 "사람들 사이의 동등성, 서로에게 수반되는 어떤 가치, 그리고 경쟁, 또는 지배, 우월성 주장이 아니라 신뢰, 존중, 보살핌으로 특징지을 수 있는 공동의 배려"[7]가 있다. 사실 상호성(Mutuality)의 어원은 '변하다'라는 의미의 라틴어 'mutare'에서 파생되었고, 선의의 교환 그리고 친밀함을 의미한다.[8] 인간 사이의 상호관계를 위해서 친밀함, 연민과 같은 감정과 공감이 매우 중요하다. 이런 상호성으로 관계 안에 있는 사람들은 어느 한쪽이 일방적으로 변하는 것이 아니라 서로 변한다.

이 변화를 통해서 사람들은 성숙해진다. 요즘 우리 사회에서 청년들이 나이가 든 사람들과 '꼰대 문화'에 대해서 지적하고 비판하는데, 스스로 나이가 들었다고 생각하는 사람들은 '상

6   S. Schneiders, *Written That You May Believe*, New York, NY: A Herder&Herder Book, 2003, 192쪽.

7   Johnson, Elizabath A., *She Who Is: The Mystery of God in Feminist Discourse*, New York, NY: Crossroad, 1992, 68쪽.

8   Oxford English Dictionary 참고.

호성'의 의미에 대해서 깊이 성찰할 필요가 있다.

경계^{boundaries}에 대한 존중과 친밀함

앞에서 언급했듯이 나는 권위를 대할 때 미성숙한 모습을 의식
한다. 그래서 타인을 대할 때 권위적이지 않으려고 노력한다.
내가 '권위'와 '권위주의' 혹은 '권위적'이란 의미를 구별하기 시
작한 것은 그리 오래되지 않았다.

'권위'는 매우 중립적인 표현이다. 그러나 '권위주의'와 '권위
적'이란 표현은 매우 부정적인 의미를 갖고 있다. 그러므로 '권
위'는 각자의 역할에 필요한 것이고 '권위주의' 및 '권위적'인 생
각과 행위는 불필요하다. '권위주의'나 '권위적'인 사람은 타인
과의 관계에서 경계를 무시한다. 이는 폭력이다. 그러나 사람
들은 자신의 지위와 역할에 걸맞은 '권위'를 부여받았다. 개인
각자는 이 '권위'를 공동체를 위해서 그리고 하느님이 창조한
그 모습으로 살기 위해서 부여받았다.

사실 복음에서 사람들은 예수를 볼 때, '하느님의 권위'를 보
았다. "그들은 그분의 가르침에 몹시 놀랐다. 그분의 말씀에 권

위가 있었기 때문이다."(루카 4,32) "그러자 모든 사람이 몹시 놀라, '이게 대체 어떤 말씀인가? 저이가 권위와 힘을 가지고 명령하니 더러운 영들도 나가지 않는가?' 하며 서로 말하였다."(루카 4,36)

그러므로 자기가 누구인지 알고 삶의 긍정적인 경험과 부정적인 경험들을 통합한 성숙한 성인은 타인과의 관계에서 경계를 명확히 인식한다. 일방적이지 않다는 의미이다. "관계는 자신들의 경계가 존중될 때 형성된다."[9] 그리고 인간은 위계적인 문화가 아니라 관계 안에서 상호존중을 통해서 성장한다. 그러므로 앞에서 언급한 상호성은 권위주의를 청산할 수 있는 중요한 가치가 된다.

서로의 경계가 존중될 때, 그들은 자신을 개방하고 타인을 이해하며 서로 사랑을 나누면서 친밀감을 발전시켜나갈 수 있게 된다.[10] 권위적인 사회에서 권력을 가진 사람들의 권력 남용으로 개인들의 경계가 무시되고 폭력을 당하기 때문에 우리는 경계에 대한 존중을 강조해야 한다. 이 경계를 인식하는 과제는 시간을 요구하는 과제이다. 왜냐하면 자기에 대한 지식을

---

9   Cornfeld, M., *Cultivating Wholeness: A Guide to Care and Counselling in Faith Communities*, New York, 1998, 292쪽.
10   Shea, J., *Finding God Again*, 63쪽.

갖는 과정이 시간이 걸리기 때문이다.

그러나 어떤 사람들은 자신의 정체성을 직업이나 역할과 동일시하기도 한다. 이런 사람들은 타인과의 관계에서 자신의 감정이 개입되지 않기에 경계에 대한 존중을 고민할 이유도 없이 매우 경직된 경계를 가지고 있어서 단절된 삶을 살아야 한다. 관계는 감정이 개입된 상태를 의미하기 때문이다. 우리 인간은 관계를 폭력으로 짓밟거나 서로 무관하게 살아야 하는 존재가 아니다.

친밀함이란 정서적으로 공감, 개방성, 취약함 그리고 조건 없는 사랑이다. 이 네 가지 자질은 성숙한 영성의 핵심으로 관계를 발전시키는 원동력이 된다. [11]

이 네 가지 자질은 "연민의 핵심이며 살아 있는 연민 없이 진정한 영성이란 있을 수 없다." [12] 이미 언급했듯이 사회적 규범이나 기대에 의해서 정의된 '나'가 아니라 삶의 다양한 경험들을 통합하여 형성된 진정한 자기를 가진 사람만이 타인과의

11 Shea, J., *Adulthood,* Morality and Fully Human, 232~233쪽.
12 위의 책, 233쪽.

친밀한 관계에서 그에게 자신을 줄 수 있다. 즉 자신을 희생할 수 있다는 것이다. 따라서 사람들이 중년기의 개성화 과정과 자신의 다양한 경험들을 통합하려는 노력을 통해서 진정한 자기를 갖게 된다면 그들은 친밀함을 살 수 있게 된다. 그리고 이는 삶의 축복이 될 것이다.

우리는 타인의 경계를 존중하는 것뿐만 아니라 나의 경계도 당연히 존중해야 한다. 이는 친밀함과 관련하여 매우 중요하다. 많은 경우, 특히 경쟁이 심한 한국 문화에서 사람들은 자신의 약함을 심각한 결함으로 이해한다. 그래서 자신의 취약함을 타인에게 드러내는 것은 금기시된다. 이 취약함을 존중한다는 것은 무시하거나 억압하는 것이 아니라 있는 그대로 수용하는 자세를 말한다.

자신의 취약함을 드러내는 것을 금기시하기 때문에 사람들은 자신의 취약함을 무시하거나 억압한다. 그러나 친밀함은 자신의 강함이나 능력 때문에 만들어지는 것이 아니라 자신의 취약함을 드러낼 때 만들어진다. 그러므로 우리가 누군가를 사랑하고 그의 사랑을 받고 싶다면 우리는 충분히 약해져야 한다.

우정: 친구 사이의 신뢰와 친밀함의 중요성

남자들의 우정을 다룬 영화 〈친구〉(2001)는 흥행에 크게 성공하였다. 여자들의 우정을 다룬 영화로는 〈써니〉(2011)도 〈친구〉에 버금가는 흥행을 일구었다. 이 두 영화는 남자들 사이의 우정과 여자들 사이의 우정에는 다른 면들이 있음을 보여주었다고 생각한다.

남자들의 경우는 관계를 이미 설정해놓고 그 관계에 서로의 역할을 맞추는 듯하다. 설정된 관계는 다름 아닌 '친구관계'이다. 이 친구관계에 강제적으로 따라오는 것이 '우정'이다. "미안하다." "친구끼리 미안한 게 어디 있노?" 이런 우정은 폭력적인 분위기에서도 '의리'라고 포장되어 서로간의 '일체감'을 확인한다.

어떤 면에서 남자들 사이의 우정에 중요한 것은 바로 '일체감'일지 모른다. 그래서 그들은 같이 술을 마시고, 고함을 지르고, 목욕도 같이하고, 어떤 상대나 적대적인 조직에 대항하여 싸움도 같이한다. 같이 맞고 같이 때리고 같이 이기고 같이 지기도 한다.

이렇게 일체감을 강조하는 남자들 사이에 어떤 친구관계에

상대의 어려움을 공감하고 받아들이면 더욱 친밀한 관계를 만들어갈 수 있다.

는 묘한 서열이 존재하기도 한다. "내는 니 시다바리가?" "죽고 싶나?" 이렇게 서열이 존재하면 그들 사이의 관계에서 할 수 있는 행동은 친구관계라는 조직을 위한 기능적으로 정형화된 역할 외에 정서적인 교류는 기대할 수 없다. 왜냐하면 서열이 존재하는 한 우열이 존재하고, 열등함은 수치스러움을 갖게 한다. 그러나 수치스러움을 드러내는 순간 열등함을 확인한다고 생각하므로 수치스러움을 드러낼 수 없게 된다.

많은 경우 남자들은 개인적인 문제와 정서적 어려움에 대해서 타인에게 말하는 것이 남자답지 못하다고 생각한다. 그래서 그들은 친구관계에서 친밀함보다는 기능적인 일체감을 추구하는 경향이 있다. 이런 일체감을 위해서 남자들은 운동이나 일과 같은 함께할 수 있는 활동을 조직하고 이런 활동에 경쟁적으로 몰두한다.

"남자들은 친해지면 함께하는 활동을 통해서 사이가 가깝다고 느끼고, 이런 활동을 바탕으로 단순히 친구라는 이유만으로 친밀함을 추구한다. 그러나 무언가 부족한 것이 있음을 깨달을 때가 있다."[13] 이런 친구관계는 친밀함이 없어 사회적 거리가 존재하고, 덜 가깝고, 더 무심(캐주얼)하다. 이런 맥락에서 남자들은 우정을 발전시키기 위해서 개인적인 관심사와 정서적으로 자신 안에 무엇이 일어나고 있는지를 나누면서 친구가 되는 것을 배울 필요가 있다. 친구관계란 우열이 없이 한 인간과 한 인간이 만나 신뢰를 바탕으로 친밀한 관계를 형성하는 것이다.

영화 〈써니〉가 보여주는 여자들의 우정은 남자들의 우정과 비교해서 좀 다르다. 여자들의 우정은 친구관계를 미리 설정해놓고 그 관계에 서로의 역할을 맞추는 것이 아니라 각자의 역할 속에서 친구관계를 만들어간다는 인상을 받는다. 친구관계

13 Terry A. Kupers, *Revisioning Men's Lives: Gender, Intimacy, and Power*, New York: Guilford Press, 1993, 129~130쪽.

에서 각자는 좀 더 평등한 관계여서 더 자유롭다. 이런 관계에서 각자는 자신이 처한 현실적 어려움과 정서적 어려움을 상대방에게 이야기할 수 있게 된다. 그리고 상대방이 그 어려움, 특별히 정서적 어려움을 공감하고 받아들이면 그들은 서로가 누구인지를 더 깊이 알아가고 더 친밀한 관계를 만들어갈 수 있게 된다.

사실 공감은 친밀한 관계를 형성하는 데도 매우 중요하다. 그러므로 공감 능력이 부족한 한국의 중장년의 남자들에게 정서적 나눔이 가능한 친밀한 친구관계를 형성하는 것은 큰 도전이 될 수 있다.

감정의 중요성

우리는 내가 느끼는 감정을 통해 자기를 더 깊이 인식하고 성숙한 성인이 된다. 우리의 감정은 우리가 누구인지 말해주고, 자기 인식(self awareness)이 깊어지면 결과적으로 자신만의 개성이 드러난다.

"자기로서의 나는 나의 정체성을 엮어내는 많은 다양한 감정의 중심 또는 주인이다. … 느낄 수 있는 능력이 사라지면 그 사람은 정체성을 상실한다."[14]

결국 자신의 감정을 인식할 수 없는 사람은 자신의 내적 자기와 연결할 수 없고, 그래서 타인에게 공감하지 못한다. 발달심리학자 조지 베일런트는 긍정적인 감정의 중요성과 그것이 어떻게 사회적 역할을 하는지 아주 간단하게 설명한다.

"사랑은 영성의 가장 짧은(단순한) 정의이다. … 영성은 나에 대해서라기보다는 우리에 대한 것이다."[15]

이런 영성은 관계 안에서 드러난다. 우리가 느끼는 모든 감정은 슬픔과 애정처럼 부정적이거나 긍정적이다. 우리가 인간으로 살아가면서 느끼는 이 모든 감정은 중요하다.

슬픔, 두려움, 분노, 서운함 같은 부정적인 감정은 우리에게

---

14 Shea, J., *Adulthood,* Morality and Fully Human, 61쪽.
15 Vaillant, G., *Spiritual Evolution: A Scientific Defence of Faith*, Cambridge, MA: Harvard University Press, 2008, 16쪽.

뭔가 손해가 될 것 같은 일이 일어나고 있음을 알려주고 그런 손해를 보상해주는 감정이다. 이 감정은 순간적으로 나를 보호하는 감정이기에 우리는 이런 감정을 잘 의식해야 한다.

그러나 이런 감정을 오래 갖고 있거나 좀 더 강한 부정적인 감정, 예를 들어 분노보다 강한 증오의 감정으로 바뀌면 이 감정은 나에게 해를 줄 수 있고, 서로의 관계를 파괴할 수 있다. 반면에 믿음, 희망, 사랑, 기쁨, 신뢰, 연민, 감사, 용서 같은 긍정적 감정은 우리를 서로 연결해준다. 예를 들어 우리가 누군가에게 감사와 같은 긍정적 감정을 갖게 되면 그 사람과 더 깊은 관계를 만들 수 있다.

또 연민의 감정은 타인의 고통과 연결되어 그와 더 깊은 관계를 발전시킬 수 있게 한다. 히브리 전통에서 연민을 의미하는 단어의 단수형은 여성의 '자궁'을 의미한다.[16] 그러므로 이 감정은 생명을 살리는 감정이다. 주요 종교들은 사랑과 연민을 매우 특징적으로 강조한다. 그러나 사랑과 연민은 어떤 면에서 매우 다르다. 사랑은 매력적인 누군가와 함께 하고 싶은 욕구이지만 연민은 매력적이지 않더라도 그를 고통으로부터 분리

---

16 Borg, M., *Meeting Jesus Again for the First Time*, HarperSanFrancisco, 1994, 47쪽.

시키려는 욕구이다.[17]

우리 전통에서도 연민의 감정은 장기와 관련되어 있다. 타인의 고통에 공감하여 안타까움을 표현할 때, "애간장이 탄다"라고 한다. 또 타인의 고통에 공감하여 자신이 경험하는 아픔을 "애가 끊어진다"라고 한다. 이렇듯 우리는 타인의 고통에 몸과 마음이 같이 반응하는 존재이다.

그러나 우리의 사회 문화 안에서 사람들은 성취지향적인 사고를 가지고 오로지 목표를 향해 움직이는 경우가 많다. 그뿐만 아니라 경직된 위계문화에서 사람들은 정해진 목표를 향해 나아갈 때는 한치의 오차도 용납하지 않는다. 당연히 개인의 부족함과 어려운 처지는 고려의 대상이 아니다.

우리 사회는 외향적이고 지능이 높고 적응 능력이 있는 사람들을 선호했고 당연히 기득권은 그들의 몫이 되었다. 군대문화가 이런 경직된 문화에 큰 영향을 주었다. "안 되면 되게 하라!" 같은 구호는 성취지향적 문화를 보여주는 단적인 예다. 이런 문화에서 한국 남자들의 우선적인 관심사는 가족과 동료들과 관계적 교류를 발전시키기보다 목표를 성취할 수 있는 역할

---

17 Vaillant, G., 앞의 책, 153쪽.

을 하고 기능을 발달시키는 것이었다. 따라서 그들은 자라면서 자신들의 감정을 잘 알지 못했다.

한국 남자들은 친밀함이 결여되어 주변 사람들과의 친밀한 관계가 거의 없었다. 감정을 표현하는 데 서툴렀을 뿐만 아니라 권위주의 문화 아래서 자신에게 올라오는 두려움과 분노를 무의식적으로 억누르는 경향이 있었다. 종종 자신보다 낮은 지위의 상대, 예를 들어, 부인과 자녀들에게 폭력적으로 투사하곤 했다.

한국 남자들은 공감능력이 결여되었고 분노와 같은 부정적 감정을 폭력적으로 표출함으로써 가족관계는 와해되고, 일터에서의 상하관계도 사무적인 관계 이상의 인간관계는 기대할 수 없게 되었다.

이러한 이유로 남자들은 자신의 감정을 신뢰하는 법을 배워야 하며, 자신의 감정을 올바로 표현하고, 타인에 공감하는 능력을 키울 필요가 있다. 그리고 남자들이 영적인 삶에서 성장하려면 분노의 감정을 다루는 것이 중요하다.

분노 다루기

이미 이야기했듯이 부정적 감정으로 두려움과 수치심은 우리에게 무언가 손해되는 일이 생기고 있음을 알려주는 중요한 감정이다. "특별한 취약함이나 개인적인 약함이 노출됐을 때 건강한 방어적 대응으로 순간적으로 화(분노)가 올라온다."[18] 그러므로 분노는 두려움과 수치심을 보상해주는 또 다른 중요한 감정이다. 하지만 우리는 분노를 올바로 표현해야 한다.

우리가 화를 점잖은 말과 언어로 적절하게 표현한다면 우리는 우리 자신을 보호할 수 있고, 우리에게 상처를 주고 두려움을 유발한 사람들과 좋은 관계를 형성할 수 있다. 문제는 두려움과 분노가 종종 억압되었다가 파괴적이고 폭력적인 방식으로 표출되는 것이다. 그 결과로 우리의 관계는 상처를 받고 깨지게 된다.

화가 난다는 것은 "무엇인가가 우리의 정당한 필요나 욕구를 막고 있거나, 또는 우리나 우리와 관련된 사람들을 다른 방법으로 헐뜯고 있다"[19]는 메시지다. 그러나 많은 문화에서 사

---

18 J. D. Whitehead & E. E. Whitehead, 앞의 책, 138쪽.
19 메리 다피츠, 앞의 책, 112쪽.

분노는 자신의 내면과 소통하라는 신호이다.
분노를 다룸으로써 우리는 보다 성숙한 인간으로 성장할 수 있다.

람들은 화를 표현하는 것이 옳지 않다고 배웠다. 위계적이고 경직된 문화에서 계층적으로 낮은 지위에 있는 사람들은 자신 안에 올라오는 분노를 억누르거나 그게 여의치 않으면 자신보 다 더 낮은 지위에 있는 사람들에게 폭력적으로 대하는 경우도 많다.

남자들보다 위계적으로 낮은 여성들과 아이들이 분노의 폭 력적인 투사에 취약한 사람들이다. 상대적으로 낮은 지위에 있 는 사람들도 자신의 일터에서 상사에게 자신의 의견을 자유롭 게 표현하는 것이 허용되지 않았고, 그런 상황에서 올라오는 그들의 화를 표현하는 것은 더더욱 허용되지 않았다. 그래서 그들은 그 화를 억누르고 자신보다 낮은 지위의 사람들에게 그 화를 투사하곤 한다. 가족들 가운데 부인과 자녀들이 그 투사의 대상이 될 수 있다.[20]

"종로에서 뺨 맞고 한강에서 눈 흘긴다"라는 말이 위계적 문화와 화의 폭력적 표출을 지적하는 한 예다. 어른들로부터 일방적으로 화를 투사당한 아이는 나중에 어른이 되어 같은 방식으로 그 화를 투사할 수 있다. 그래서 분노는 세대를 통해서 전해진다. 그리고 이런 분노의 악순환은 위계적 문화에 의해서 강화된다.

우리가 이런 분노의 악순환을 끊고 타인들과 긍정적 관계를 발전시키고 싶다면, 우리는 더 약한 사람들에게 분노를 투사하는 방식에 주목할 필요가 있다. 먼저 우리는 스스로 억누르거나 알지 못하는 자신의 부정적 감정과 거짓 자기, 그리고 자기 안에 형성된 자기 인격의 어두운 그림자를 의식하고 알아야 한다. 그리고 "이제 우리가 할 일은 이 사실을 인정하고, 그림자를 우리 전 인격의 본질적 부분으로 받아들여서 돕는 것이

---

20 이것이 바로 분노투사의 역학이다. E. E. Whitehead & J. D. Whitehead, *A Sense of Sexuality*, New York: Crossroad, 1989, 202쪽.

다."[21] 그러면 분노의 감정이 우리를 이끌어가지 못하고, 오히려 자기 인식을 하는 우리가 그 분노를 통제할 것이다.

화를 다루는 것은 성장의 과정이다. 우리가 화를 다루는 과정에서 보호받지 못한 우리 내면의 자기를 만날지도 모른다. 이 보호받지 못한 내면의 자기는 발달하지 않은 채 남겨진 우리 인격의 그림자다. 보호받지 못한 내면의 자기는 발달하지 못했기에 미성숙하고, 이 미성숙한 내면의 자기가 뭔가 두려움에 처하면 화를 낸다. 그리고 우리가 이 미성숙한 내면의 자기의 방식을 따르면 우리의 행동도 미성숙해진다. 즉 화를 폭력적으로 토해낸다는 것은 미성숙한 행동이다. 그러면 어떻게 해야 하는가?

우리는 내면의 자기와 소통해야 한다. 우리 내면의 자기가 성숙해질 때 우리도 성숙해진다.[22] 우리가 우리의 진실한 자기와 거짓 자기, 그리고 내적 자기와 외적으로 드러난 자기를 주목하고 의식한다면 우리는 성숙한 어른의 방식으로 분노를 대면하는 능력을 갖추게 된다. 우리는 이런 과정을 통해서 비로

---

21 메리 다피츠, 앞의 책, 73쪽.
22 내면의 자기를 성숙하게 성장시키는 문제와 관련하여 이 책의 부록에 나 자신의 체험('내가 키우는 내 안의 어린아이')을 소개하도록 하겠다.

소 인격을 성장시킬 수 있다.

친밀한 관계 다시 정립하기

앞서 2장에서 우리 문화의 경직성이 유교로부터 많은 영향을 받았다고 언급하였다. 특별히 삼강오륜에서 인간관계의 원칙이 어떻게 삼강의 영향으로 위계적인 관계로 왜곡되었는지를 설명했다. 이제 이 왜곡된 관계를 바로잡아야 한다. 오륜에서 부자관계와 친구관계에 대해서 좀 더 설명해보도록 하겠다.

삼강오륜의 부자관계는 상호성에 기반을 두고 있다. 이 상호성 안에는 신뢰, 존중, 보살핌을 특징으로 하는 공동의 배려가 있다. 이럴 때 관계는 서로 성장한다. 아버지는 자식을 격려하고 신뢰와 존중 그리고 사랑을 보여주는 가운데 자유와 책임을 자식에게 주어야 한다. 관계의 상호성 안에서 자식 역시 아버지에게 신뢰와 존중 그리고 사랑을 당연히 돌려주어야 한다. 이런 친밀한 부자관계가 한순간에 형성되지 않고 소통과 이해의 성장 그리고 일생에 걸친 투신을 통해서 발전해야 한다.

그러나 왜곡된 부자관계는 우월성을 바탕으로 위계와 지배라는 경직된 관계이다. 이럴 경우 아들은 아버지에 대한 영적 정서적 부재를 경험한다. 이런 아버지의 부재는 아들로 하여금 무의식 안에서 아버지를 갈구하게 한다. 그러나 그는 그 아버지와 물리적으로 그리고 정서적으로 친밀함을 나눌 수 없기에 잃어버린 아들이 된다. 같은 공간에 산다 하더라도 무언가 서먹한 그런 관계가 된다는 것이다. 이런 아픔은 많은 사람들이 경험하지만 "자신도 모르게 또는 적어도 그것이 무엇인지 이름을 붙일 수도 없지만 이는 매우 큰 상처"[23]이다.

삼강오륜의 붕우유신(朋友有信)은 친구관계의 원칙은 신뢰라고 말한다. "신뢰란 사랑, 애착, 감사와 같은 정서적 경험에 뿌리를 두고 있다."[24] 이 말은 친구관계는 정서적이고 신뢰 안에서 연결되어 있다는 의미이다. "신뢰가 없을 때, 우리는 조금도 방심하지 않고 편집증 증상을 보이게 된다."[25] 이런 상호존중과 신뢰관계는 친구관계의 우정을 지지하고 풍요롭게 한다. 남자들이 중년이 되어서 자신의 친구관계를 되돌아보는 것도 중요한 삶의 과제일 것이다.

---

23 Rohr, R., *From Wild Man to Wise Man*, Cincinnati OH: St Anthony Messenger Press, 2005, 68쪽.
24 Vaillant, G., 앞의 책, 72쪽.
25 위의 책, 105쪽.

자신을 보호하고 타인과 관계도 발전시키는 능력

성인 영성이란 성숙한 성인이 되는 모든 것을 의미한다. 사람은 단순히 나이가 든다고 성숙해지는 것이 아니라 삶의 다양한 측면, 특히 삶의 어려움, 실패, 혼돈 같은 부정적인 체험을 성찰하고 통합하는 과정을 통해 성숙해진다. 이런 사람들은 스스로에게 고립되지 않고 자신과 타인, 세상 그리고 더 나아가 절대자를 새로운 각도에서 보고 더 깊은 관계를 맺게 된다.

성숙한 성인은 타인과 관계에서 일방적이지 않고 타인의 요구에 맞춰 자신을 변화시켜 관계의 상호성을 유지할 줄 안다. 이런 사람은 자신의 긍정적이거나 부정적인 감정을 신뢰하고 그 감정이 알려주는 것을 통해 자기 인식도 깊어진다. 그뿐만 아니라 그는 감정을 올바로 표현할 줄 알며, 타인에 공감해 그들과 더 깊고 친밀한 관계를 형성한다.

우리가 흔히 경험하는 분노의 감정에는 엄청난 에너지가 있는데, 이 감정은 나를 살리기도 하고 나를 비롯해 타인과의 관계를 파괴하기도 한다. 그래서 그 감정을 이해하고 올바로 표현하는 능력을 키우는 것은 성숙한 성인이 되어가는 과정이 될 수 있다. 이 감정을 올바르게 다룰 때, 우리는 비로소 자기 자신을 보호할 뿐만 아니라 타인과의 관계도 건설적인 관계로 발전시킬 수 있게 된다.

다음 장에서도 계속 성숙한 성인이 되어가는 과정에 대해서 논할 것이다. 특히 몸이 느끼는 것을 분명히 알고 받아들여 올바르게 그 느낌에 대응하는 '구현된 자기'에 대해서 설명하고, '몸-자기'의 불일치를 초래하는 경직된 문화와 사회적 수치심이라는 감정, 그리고 그 수치심을 극복하기 위해 어떤 노력이 필요한지 설명하도록 하겠다.

사회적 수치를 넘어
내적 갈망 좇아가기

내면의 자기를 찾는 여정, '몸-자기'가 통합되는 영성

아주 오래 전 경험이다. 부제서품을 앞두고 호주 사막에서 영성지도를 하는 수녀님의 안내로 피정을 했다. 그 수녀님은 나를 만난 첫날 나에게 "이곳에 무엇을 가지고 오셨습니까?"라고 물었다. 나는 멜버른을 떠나 그곳 사막까지 3박 4일의 긴 여정 동안 내 안에 올라온 불편함과 불안함에 관해서 말씀드렸다. 그는 "두려움이군요"라고 간단히 정리해주셨다. 그리고 "마음 깊은 곳의 갈망을 좇아가세요. 그러면 하느님을 만납니다"라고 한마디를 더 건네주셨다. 이 갈망은 단순히 말초적인 욕구가 아니라 나와 관계된 것이다.

사실 우리는 나에 대해 다른 사람이 갖는 기대를 우선적으로 생각하기 때문에, 또는 사회적인 관습, 규범 또는 이념 때문에, 심지어 교회에서 자주 사용하는 희생과 봉사라는 가치를 우선적으로 염두에 두기 때문에 우리의 마음 깊은 곳에서 올라오는 갈망을 늘 2차적인 것으로 간주한다.

어떤 사람들은 자신 안에서 올라오는 갈망을 매우 세속적인 욕구로 여겨 무시하거나 억압하기도 한다. 그러나 "우리가

자신에게로 깊이 도달하면 할수록 우리는 독자적이면서도 동시에 하느님이 주신 욕구를 체험한다." [1]

그때 이후로 나는 내 마음을 좀 더 깊게 보게 되었고 마음에서 올라오는 갈망을 존중하게 되었다. 그러나 마음의 갈망을 따라 살기란 쉽지 않다. 왜냐하면 경직된 문화는 사회적 규범과 기득권자들의 기대에 따라 살도록 마음 안에서 올라오는 갈망을 좇아 사는 사람들에게 이른바 '왕따'를 시키며 사회적 수치를 주기 때문이다. 신앙이 대가를 요구하듯 성숙한 성인이 되기 위해 대가를 치러야 한다.

1   Kinerk, *Eliciting Great Desires*, 3~4쪽. 월키오, S. J., 황애경 옮김, 『마음의 길을 통하여』, 바오로딸, 2000, 106쪽에서 재인용.

몸에 구현된 자기: '몸-자기'의 일치와 통합

내가 중년기 남성에 대해서 공부를 하는 동안 지도교수의 초대로 여성 신학자들의 모임에 참석한 적이 있다. 그날 모임의 주강연자는 미국 흑인 여성 신학자인 숀 코플랜드(Shawn Copeland)였다. 그는 자신의 경험과 미국 사회에서 흑인 여성들의 경험을 소개하며 우리의 몸을 '사회적 몸'(social body)[2]이라는 개념으로 정리했다.

내가 강연을 들으며 떠올린 것은 과거 일본군 성노예로 착취당했던 우리 할머니들이었다. 우리 사회는 오랫동안 그들의 고통을 외면했을 뿐만 아니라 사회적 수치를 주어 그들의 입을 막았다. 그들은 피해자이면서 자신들의 억울한 처지를 남들에게 알리지도 못하도록, 그리고 자신들이 당한 피해와 그로 인한 고통을 입에 담을 수 없도록 '사회적 몸'이 그들 내면의 욕구를 검열했다. 그래서 그들의 삶의 시간은 1940년 전후에 멈췄다. 그들의 아픈 상처는 그들이 현재를 충분히 즐기지 못하게 하고 고통 속에 살게 했다.

2　'사회적 몸'에 대한 개념은 M. Shawn Copeland, *Enfleshing Freedom: Body, Race and Being*, Minneapolis, MN: Fortress Press, 2009를 참고했다.

다행히 그들 중 누군가 먼저 자신의 고통스런 경험을 사회에 고발했다. 그리고 그런 고통을 경험한 사람들이 하나씩 결합했고, 선의를 가진 많은 사람들이 그들의 고통을 함께 나누어 지기 위해 연대하기 시작했다. 그렇다고 그들의 고통이 없어지지 않는다. 다만 우리는 미래의 고통을 제거하기 위해 연대하는 것이다. 그러나 여전히 '사회적 몸'에 갇힌 사람들은 그들을 일본 군인들을 상대로 매춘행위를 한 사람들이라고 매도하며 자신들도 스스로를 검열한다.

우리 사회와 가해자들이 그들의 고통을 수용하고 그 고통에 대한 보상을 해야 한다. 그리고 그런 일이 다시는 일어나지 않도록 법적 제도를 만드는 것이 필요하다. 그럴 때 그들은 미래의 고통에서 벗어난다. 그러나 아직까지 어떠한 것도 그들을 위해 진행되지 않은 것은 매우 슬픈 일이다. 이런 상황에서 사람이 자유를 향유하며 온전한 모습으로 성장하기란 쉽지 않다.

인간의 인생 여정은 성숙한 성인이 되어가는 과정이다. 성숙한 성인이 된다는 것은 자신의 몸이 느끼는 것을 분명히 알고 받아들여 올바르게 그 느낌에 대응하는 사람이 되는 것이다.

"몸(body)은 자기(self)에 속해 있고 자기는 몸에 적절히 대응한다. 자기와 몸은 하나로 뭉쳐 있다."[3]

즉 성인이 되어가는 여정은 몸에 '구현된 자기'(embodied self)를 확립하는 것이다. 그러나 한국 사회의 억압적이고 부당한 문화 환경은 남자들에게 구현된 자기를 기형적으로 인식하게 했다. 왜 그럴까?

우리의 몸은 '사회적 몸'이다. 우리의 몸은 우리가 맺는 관계와 경험, 심지어 경직된 문화가 생산하는 억압을 포함해 모든 종류의 경험과 타인과 맺는 관계들을 기억한다.

"몸은 우리의 모든 경험, 즉 평생 동안의 삶이 기록되는 일종의 창고와 같다."[4]

인간의 몸은 우리가 누구인지를 뒷받침해주는 사회구조와 역사가 있을 뿐만 아니라, "몸은 현대의 사회적·심리적 과정들

---

3 John Shea, *Finding God Again: Spirituality for Adults*, 60쪽.
4 T. Keating, *The Human Condition: Contemplation and Transformation*, Mahwah, NJ: Paulist Press, 1999, 14쪽.

이 명확하게 표현되는 곳이다."[5] 이런 억압적인 문화 환경 안에 있는 사람들은 마음과 정신의 자유와 자율을 잃어버리게 된다.

그뿐만 아니라 "몸은 인간 존재를 관계적이고 사회적인 것으로 형성한다."[6] 달리 말하면 한국 역사 안에서 억압적인 사회 환경은 그대로 한국인들의 몸에 구현되어 잘못된 '사회적 몸'을 만드는 데 일조했다. 따라서 독재와 같은 사회구조의 억압적 환경이 만들어내는 특정집단에 대한 차별과 혐오, 그리고 배제로 인한 고통스러운 경험이 사람들에게 내면화되어 기형적인 '사회적 몸'을 형성하게 하였다.

이런 기형적인 '사회적 몸'을 가진 사람들은 경직된 문화 환경 아래서 자신의 몸이 요구하는 자기의 내면의 목소리를 따르는 것을 주저했다. 다시 말해서 사람들에게 사회, 문화, 그리고 역사를 기형적으로 인식하게 하는 "이 사회적 몸이 실제 몸이 인식하는 방식을 제한한다."[7] 그래서 억압적 환경에서 고통과 차별, 혐오를 경험한 사람들의 '사회적 몸'은 그들이 인식하는 자유와 책임 그리고 자율성을 검열해 그들의 자율성을 제한하

5 E. Moltmann-Wendel, *I am My Body: A Theology of Embodiment*, New York, NY: Continuum, 1995, 103쪽.
6 M., Shawn. Copeland, 앞의 책, 2쪽.
7 위의 책, 8쪽.

고, 책임을 회피하게 하며 부자유스럽게 살도록 강요했다.

폭력적인 사회구조와 문화의 경직성이 만든 한국 사람들의 기형적 '사회적 몸'은 억압적인 문화와 제도적 폭력에 순응하며 살게 했다. 그러나 폭력적인 문화와 경직된 사회구조에 순응하기를 거부하는 사람들은 사회적 낙인으로 인해 많은 불이익을 당해야 했다. 이렇게 사회적 낙인을 경험한 사람들은 스스로 수치심과 두려움을 내면화했다. 그래서 많은 사람이 이런 억압적이고 부당한 사회구조에 적응하려고, 어떠한 의심도 없이 외부 권위에 순응했다. 이런 사람들이 맺는 인간관계는 늘 일방적이고 위계적이어서 인간발달이 가능하지 못하고 폭력적이다. 이들은 어른임에도 불구하고 통합된 '몸-자기'가 아닌 불일치를 보여준다.

그러나 오직 일부 성숙한 사람들만이 자신들의 '몸-자기'에 대한 이해를 통합하려고 노력했다. 사회적 낙인으로 인한 두려움과 수치심을 인정하는 것은 고통스러운 과정이다. 그러나 그들은 자신의 몸이 느끼는 것을 예민하게 인식하고 스스로에게 "이런 억압적이고 폭력적인 사회에서 온전한 인간으로 산다는 것은 무슨 의미인가? 그리고 이를 위해서 어떻게 살아야 하나?" 같은 질문을 던진 사람들이다.

사회적 낙인은 수치심과 두려움을 갖게 만든다. 그리고 결국 자신을 파괴하게 만든다.

"우리의 몸이 느끼는 것이 예민하게 인식된다면 그 몸은 그 자체로 거부할 수 없는 목소리를 갖게 된다. 그리고 그 목소리는 사회의 일부로서 우리의 목소리가 될 수 있다."[8]

이렇게 그들의 몸이 기형적인 '사회적 몸'을 넘어 자신의 목소리를 가짐으로써 그들은 그 과정을 통해서 고통을 의미 있는 고통으로 승화할 수 있었다. 즉 성인이 사회에서 효과적으로

---

8   E. Moltmannn-Wendel, 앞의 책, 3~4쪽.

관계를 지속해서 발전시킬 수 있는 것은 다름 아닌 자신의 몸에 자기가 구현되어 '몸-자기'가 통합되는 영성을 통해서다. 이런 영성의 삶을 사는 사람은 관계적이고 평등하다.

수치와 한국 남자들의 정체성

한국 남자들이 자신의 정체성을 형성하면서 겪는 어려움 중 하나는 수치심을 다루는 문제와 관계가 있다. 일반적으로 모든 문화에서 남자들에게 가족을 위한 생계 부양자라는 정체성은 매우 중요하다.

사람들이 성숙한 성인이 되려면 사회적 지위와 역할 같은 사회적 정체성과 자기가 누구인지와 관계된 개인적 정체성이 그 사람 안에서 균형을 잘 이루어야 한다. 문제는 사회적 정체성의 상실로 인한 삶의 혼동과 개인적 정체성마저 상실하는 경우다.

남자에게 "가족들을 위해 열심히 일해서 물질적 풍요를 제공한다는 것은 사랑을 표현하는 매우 주요한 방법이다.[9] 그래

---

9 S. Osherson, 앞의 책, 36쪽.

서 대부분 남자들은 자신의 가족들에게 정서적 지원보다 물질적 지원이 더 중요하다고 믿는다. 특히 가정의 생계 부양자로서 성공하지 못하면 가장으로서의 권위를 가질 수 없다고 믿는다. 그래서 한국 남자들에게 생계 부양자로서 사회적 정체성 상실은 인간관계 안에서 자기 상실과도 같은 것이다.

한국 사회에서 남자들은 자신의 사회적 정체성인 생계 부양자로서 권위를 유지하기 위해서 열심히 일할 수 있는 직장을 갖는 것이 무엇보다도 중요하다. 또 남자들은 사회문화적으로 가족 사이의 관계를 발전시키는 것보다, 일터에서 인간관계를 발전시키는 것을 더 중요하게 여기도록 양육되었다. 그래서 가족과 보내는 시간보다 직업과 관련된 일터에서 더 많은 시간을 보낸다.

이런 사람들에게 해고는 자신의 존재가치와 생계 부양자로서 정체성 상실과 실패한 생계 부양자라는 수치심을 남겨놓는다. 불행하게도 그들은 가족에 대한 소속감이 약하기 때문에 가족들에게 자신의 취약한 처지를 드러내지도 못한다.

사회적 수치와 한국 남자

한국 사회는 개인의 이익보다는 집단의 이익을 우선시하는 집단주의적 경향이 강한 사회다. 신자유주의 경제체제로 인해 많은 노동자가 정리해고를 당했다. 그들은 회사를 상대로 파업하며 회사와 정부에 저항했다. 그러나 노동자들의 파업은 반집단주의적 행위로 사회적 지탄을 받았다. 2009년 쌍용자동차 노동자들의 파업과 경찰의 진압과정 그리고 노동자들과 그의 가족들이 겪었던 사회적 수치가 단적인 예다.[10]

쌍용자동차 노동자들의 이웃은 노동자들을 "배부른 노동자, 이기적인 사람들, 빨갱이! 강성!"[11]이라고 비난했다. 텔레비전 뉴스는 파업의 부당함과 폭력성을 부각하기 위해 경찰이 노조원에게 쫓기고 얻어맞는 장면을 의도적으로 왜곡 보도했다. 이를 통해서 여론은 노동자들과 그들의 가족들에게 사회에서 불필요한 존재라는 사회적 수치를 주었다.

이러한 왜곡보도와 여론은 경찰이 노동자들의 파업을 폭력적으로 무자비하게 진압할 명분을 주었다. 노동자들과 그 가족

---

10   공지영, 『의자놀이』, 휴머니스트, 2012. 참고.
11   위의 책, 18쪽.

사회적 수치나 낙인은 그 자체로 폭력적이다. 그렇기에 무시나 거부를 통해 극복을 모색해야 한다.

들은 자존감을 상실하고 철저히 고립되었다. 그들이 이런 깊은 절망 속에서 생각할 수 있는 하나의 탈출구는 스스로 목숨을 끊는 것이었다.

어떤 경우에는 이런 사회적 수치는 기득권자들이 자신의 책임을 회피하기 위한 수단이기도 하다. 한 예로 4·16 세월호 희생자 가족들은 참사의 진상규명과 보상을 요구했다. 그러나 정치권에서는 그들의 요구를 회피하였고, 어떤 사람들은 그런 유가족들에게 '아이들의 시체를 팔아 이익을 추구한다'고 2차 가해를 했다.

수치심은 자신의 부족함과 취약함이 드러날 때 갖게 되는 감정이며, 이 취약함으로 인해 관계가 끊어질까 두려워하는 마음이다. 그래서 많은 경우 사람들은 이런 자신의 부족함과 취약함을 감추려고 한다. 이럴 때 사람들은 자존감도 상실한다. 그러나 우리가 수치심을 있는 그대로 인정할 때, 비로소 자존감이 커진다.

수치심은 부정적 감정이지만 우리는 자신의 진정한 자기를 재발견하기 위해 이 부정적 감정을 자신 안에서 인정하고 끌어안아야 한다. 우리가 이렇게 수치심을 자신 안에서 통합하면 우리는 비로소 자신의 친구들, 사랑하는 사람들, 배우자 그리고 자녀들과 관계에서 친밀함과 공감을 얻을 수 있고, 같은 아픔을 경험하는 다른 사람에게 연민과 공감으로 관계를 형성하게 된다.

"영적으로 수치심은 우리 영혼의 가장 깊은 진실의 장소와 관련이 있다. … 수치심은 그것의 긍정적인 영향을 말한다면, 우리의 가치 있는 자기 자신과 정체성을 보살펴준다. 우리가 우리의 건강한 수치심의 목소리에 주의 깊게 귀를 기울이면 우리는 우리의

'중심'으로부터 말하고 행동하게 된다."[12]

이로써 우리는 수치심을 통합해 자기를 수용할 수 있는 사람으로 성장하고 타인에게 개방적인 사람이 될 수 있다.

사회적 수치 극복하기

우리는 "우리의 가치에 대한 사회적 척도"[13]로서 다른 사람들에게 존경받기를 기대한다. "존경과 명예에 대한 끊임없는 추구로 인해 사회적 수치는 작동한다. … 존경받고 싶은 깊은 열망은 우리가 사회로부터의 인정에 끊임없이 의존하게 만든다. 모든 사회는 이런 영향력을 이용해서 사람들에게 순응을 강요한다."[14]

사회적 편견과 낙인은 더 노골적으로 사람들에게 사회적 수치심을 갖게 한다. 사람들이 사회의 관습적 기대에 순응하기

---

12 James W. Fowler, *Faithful Change: The Personal and Public Challenges of Postmodern Life*, Nashville, TN; Abingdon, 2004, 92쪽.
13 J. D. Whitehead and E. E. Whitehead, *Shadows of the Hearts*, 147쪽.
14 위의 책, 148쪽.

를 거부할 때 받는 사회적 수치의 메시지는 명확하다. "우리가 여기서 어떻게 행동하는지를 보여줄게. 너는 우리의 보호와 승인 없이 살아남을 수 없어."[15] 종종 이런 사회적 수치의 메시지는 존재에 대한 거부 또는 사회로부터 배제라는 형태를 띠기도 한다.

예를 들어, 우리 사회는 한 사회집단에서 서로 어울리기를 좋아하지 않는 사람, 또는 그 집단의 이익 또는 결정과 다른 행동과 의견을 제시하는 사람을 '공산주의자', '반항적인 사람', '대가 센 사람'이라는 식으로 부정적 명칭을 붙여 사회적 수치를 주며 낙인을 찍기도 한다. 그뿐만 아니라 집단의 지도자들은 순응하기를 거부하는 사람들을 그 집단에 노출시키고 "그 집단으로부터 제명할 수 있다고 위협하기도 한다."[16]

이와 같은 사회적 수치를 통한 낙인과 협박의 결과로 사람들은 사회에서 자신의 위치를 잃게 된다. 그러므로 사회적 수치는 종종 사람들로 하여금 그 사회에서 자신의 사회적 역할과 가치를 충족시키도록 '거짓된 자기'를 형성하게 한다.

사회적 수치에서 벗어나기 위해서 남자들은 사회가 기대

---

15 위의 책, 149쪽.
16 위의 책, 150쪽.

하는 것보다 자신이 원하는 것을 따르도록 자신의 내적 갈망을 신뢰하는 법을 배워야 한다. 자신의 내면의 갈망을 신뢰하는 법을 배우는 과정을 통해서 사회적 수치를 극복한 사람들은 '내적 깊이'(a sense of depth)와 '자기 존중'(self-esteem) 그리고 '자율성'(autonomy)[17] 안에서 성장하게 된다. 그러면 그들은 개인적인 목표를 발견하기 시작한다. 그러므로 자신의 '확신에 찬 자기'(assertive selves)의 모습으로 살기 시작한 사람들은 사회적 수치를 무시할 수 있고, 자신의 삶의 목적과 의미를 찾을 수 있다.

예수의 삶은 사회적 수치를 극복하는 좋은 예를 보여준다. 종교 지도자들은 예수를 조롱해 사회적 수치를 주며 그분의 활동을 방해했다. 바리사이들은 예수가 장애인과 병자를 고쳐주는 것을 폄훼하며 수치를 주었다. "저자는 마귀 우두머리 베엘제불의 힘을 빌리지 않고서는 마귀들을 쫓아내지 못한다."(마태 12,24)

마귀가 들린 것은 유대사회에서 부정하다는 사회적 낙인과 다름없었다. 그러나 자신이 누구인지에 대한 확고한 지식과 온전한 자율성, 그리고 인생에서 이루고 싶은 것이 무엇인지 대한 확고함을 지닌 예수는 사회적 기득권자들로부터의 사회적

---

17 John Shea, *Finding God Again*, 62쪽.

수치를 무시하고 자신의 길을 걸어갔다.

사회적 수치의 파괴적 영향력을 무력화하기 위해 남성들은 "우리 안에 그리고 우리가 속한 집단 안에서 편견이 존재하는 방식에 도전"[18]해야 한다. 사실 때때로 사회적 수치는 "우리의 평범한 삶을 통제하는 숨겨진 가정(assumption)이나 암묵적 규칙 같은 문화적 뿌리"[19]를 가지고 있다. 이것은 순응을 거부하는 사람들을 배제하고 차별해 수치스럽게 만들어 편을 가르는 양극화된 사회를 만든다.

예를 들어, 나는 어려서부터 "불평불만이 많은 사람은 공산당(공산주의자)이다!"라는 표현을 들었다. 이 표현은 공산주의자들을 향한 비판이 아니다. 이 경멸적 표현은 사회의 전통적 기대에 반대하는 모든 개인에 대한 편견을 조장하고, 그를 그 집단에서 배제하기 위한 것이다. 많은 사람이 이런 소리를 들으면 스스로 자기검열을 하며, 이 사회에서 배제될지 모른다는 두려움을 갖는다.

사회적 수치는 그 자체로 폭력적이다. 경직된 사회문화에서 내가 원하는 삶을 사는 것은 쉽지 않기 때문에, 이런 경직된 구

---

18 위의 책, 147쪽.
19 J. D. Whitehead and E. E. *Whitehead, Shadows of the Hearts*, 153쪽.

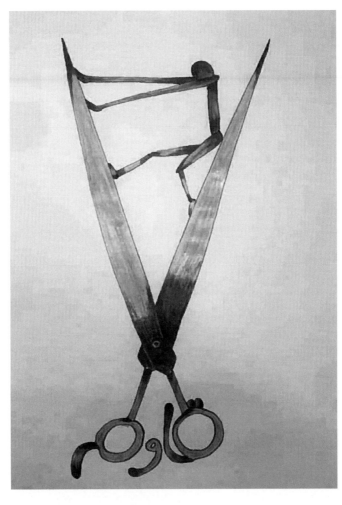

편가르기, 수치심, 관습, 순응, 경직된 문화에 저항하지 않으면 우리는 진정한 자기 삶을 살 수 없다.

조에 균열을 내고 우리가 원하는 삶을 찾아가기 위해서 사회적 수치를 경험한 사람들끼리 서로 지지하고 연대하는 것이 필요하다. 이렇게 사회적 수치를 경험하는 남자들은 대안적 집단과 공동체를 지지하고 발전시키면서, 서로의 관계 안에 상호성을 발전시키는 방법을 통해 사회적 수치를 변화시키기 위해 함께 일할 수 있다. 이런 과정을 통해서 자신에게 가해진 사회적 수치를 인정하지 않고 거부한 사람들은 더 성숙한 자기 정체성과 공동체에 대한 진정한 소속감으로 성장할 기회를 갖게 된다.

수치심을 통합하고 자기 인식을 통해 자기를 수용할 줄 아는 성숙한 성인은 타인과 사회의 기대 그리고 사회규범으로부터 자유롭다. 그는 성숙한 자기 정체성을 가지고 자신의 약함을 수용하고 그 약함을 타인에게 드러낼 줄 안다. 그래서 그는 타인과의 관계에서 친밀한 관계를 발전시켜 공동체에 대한 소속감을 성장시킨다. 뿐만 아니라 그는 성숙한 자기 정체성으로 인하여 자신을 희생하여 진정한 자기를 타인에게 내어줄 수 있다.

반면에 미성숙한 사람은 사회적 수치의 폭력이 두려워 타인과 사회의 기대 그리고 사회규범과 자신을 동일시한다. 그는 진정한 자기가 결여되었기에 타인과의 관계에서 친밀함을 발전시키기 어렵고, 타인에게 자신을 내어줄 수 있는 희생이 아닌 강요된 희생을 할 수밖에 없다.

어떤 사람들은 자신의 역할을 자기로 인식한다. 이런 사람들은 성인의 삶에 대한 터널 비전과 경직된 경계를 갖고 있어서 단절된 삶을 살게 된다. 따라서 우리 사회의 중장년 남자들은 진정한 자기를 찾을 때 비로소 친밀함을 성장시킬 수 있다.

사람들이 이렇게 진정한 자기 인식을 통해서 자신의 경계를 명확히 하게 되면 타인의 처지에 공감할 수 있고 타인의 경계를 존중하여 인간관계를 발전시킬 수 있다. 이런 인간관계를 통해서 사람들은 자신을 개방하고 자신의 취약함을 보여주고, 타인을 이해하며 서로 사랑을 나누면서 친밀감을 발전시켜갈 수 있다. 공감, 개방성, 취약함 그리고 조건 없는 사랑과 같은 자질은 연민의 핵심이며, 연민 없이 진정한 영성을 말할 수 없다.

영적 성장이란 우리가 관계 안에서 더 진정한 자기가 될 수 있는 인간 성숙의 과정이다. 그러므로 진정한 내가 되어가는 개성화(individuation)는 사람들이 평생에 걸쳐 자신의 삶 안에서 자신을 타인과 나누며 관계의 영성을 살아가는 여정이다. 진정한 자기를 가진 사람은 비로소 그 진정한 자신을 내어주고 나누는 진정한 나눔을 살게 된다. 우리를 억압하는 사회적 수치를 극복하는 것은 내면의 자기를 찾는 과정으로서 중요하다.

자신의 내적 갈망을 좇으며 '거짓된 자기'를 넘어서기

한국 사회의 억압적이고 경직된 문화 환경은 남자들에게 구현된 자기를 기형적으로 인식하게 했다. 왜냐하면 이런 경직된 문화는 자신이 원하는 삶을 살려는 사람들에게 사회적 수치를 주며 사회적 기대와 관습에 순응을 강요했기 때문이다. 이런 사회적 수치는 경직된 문화 안에서 사람들을 통제하는 수단으로 이용되기도 했다.

즉 경직된 문화는 우리가 자신의 갈망을 좇아가지 못하도록 사회적 수치를 주고 낙인을 찍어 통제했다. 그래서 많은 남자가 우리의 경직된 문화로 인해 자신의 내적 갈망을 따르지 못하고 사회에 순응하는 삶을 살았다. 이런 사람들은 사회적 수치를 극복하지 못하고 자신을 억압하기에 자신의 정체성을 형성하는 데 어려움을 겪고 '거짓된 자기'를 형성해 자신이 진정으로 원하는 삶을 살 수 없다.

사회적 수치를 극복하기 위해서 사람들은 자신의 내적 갈망을 신뢰해야 하며 사회적 수치가 존재할 수 있게 하는 사회 문화에 도전해야 한다. 그리고 사회적 수치를 경험한 사람들끼리 서로 지지하고 연대하려는 노력이 필요하다. 이렇게 사회적 수치를 극복한 사람들은 진정한 자기를 인식하게 되고, 타인과의 관계에서 상호존중하며 친밀한 관계를 발전시킬 수 있다. 영적 성장이란 진정한 자기를 찾아가는 과정이기에 사회적 수치를 극복하는 것은 내면의 자기를 찾는 여정으로 인간 성장의 중요한 과정이 된다.

남성과 리더십

'권위적 리더십'에서 '섬기는 리더십'으로

내가 남성에 관한 공부를 할 때, 나의 지도교수는 '남성영성'이라는 주제로 논문을 준비하는 나에게 경영학 전문가가 쓴 『원초적 리더십』(Primal Leadership)[1]을 읽어보라고 권하며 자신과 만나서 읽고 난 소감을 나누자고 했다. 나는 영성과 경영학이 어떻게 같은 차원에서 이야기될 수 있는지 상상할 수 없어 지도교수의 의도를 이해하지 못했다.

그러나 나는 책을 읽으면서 그 내용에 큰 충격을 받았다. 그 책이 이야기하는 리더십이 내가 경험했던 것과는 전혀 다른 차원의 리더십에 관한 내용이었기 때문이다. 이 책은 뇌과학의 연구결과인 감성지성(emotional intelligence)의 중요성과 이를 바탕으로 한 관계형(감성적) 리더십이 조직을 움직이는 데 얼마나 효과적인지 사례를 들며 설명했다.

책을 읽고 난 후 우리 사회의 문화와 역사가 한눈에 보인다는 느낌을 받았다. 특히 우리 근현대 역사와 문화 속에 깊이 뿌

---

1   D. Goleman, et al., *Primal Leadership: Unleashing the Power of Emotional Intelligence*, Boston, MA: Havard Business School, 2013.

리내린 위계, 서열 그리고 권위주의, 특히 사회에서 이런 폭력이 재생산되는 구조가 떠올랐다. 이런 문화 안에서 내가 경험한 리더십은 리더가 타인의 의지를 꺾어 자신의 의지를 관철하는 양상이다. 나는 이런 리더십에 동의하지 않는다. 그래서 이번 장에서 나는 이제까지와는 다른 형태의 리더십인 '섬기는 리더십'(Servant Leadership)[2]을 바탕으로 한 관계적 리더십에 관해서 논해보겠다.

---

2   Robert K. Greenleaf, "https://www.greenleaf.org/what-is-servant-leadership"에서 검색.

관계적 리더십의 필요성

적어도 나이 50세 이상 한국의 성인 남자들은 권위적이고 폭력적인 리더를 다양하게 경험해보았을 것이다. 이들은 권위적인 지도자, 특히 독재자가 보여준 힘(권력)과 지위 그리고 기술을 바탕으로 한 리더십을 직접 경험했거나, 그런 리더십 문화의 영향을 강하게 받았을 가능성이 높다. 아마도 무의식 안에서 그런 권위적이고 폭력적인 지도자의 모습이 그들 안에 스며들었을 것이다. 그리고 그들은 실제로 권위적으로 권력행사를 했을 것이다. 사실 많은 민주화운동 세대는 독재에 대항하여 민주주의 성장에 크게 기여했음에도 불구하고 젊은 세대로부터 권위적이고 독선적이라는 비난으로부터 자유롭지 못하다.

문제는 권력과 지위 그리고 기술을 바탕으로 한 리더십이 관계를 발전시키지 않고 오히려 관계를 파괴한다는 데 있다. 이런 사람들은 자신의 정서도 잘 파악하지 못하고 타인의 정서도 공감하지 못할 가능성이 높기 때문이다.

단적으로 4·16 세월호 참사 후에 우리 사회 지도층이 보여준 반응이 대표적인 예다. 그들은 자신들의 책임을 회피하는 데 급급했다. 어떤 사람들은 이해할 수 없는 사고로 자식을 잃은 피해자들의 억울함과 고통에 대한 호소를 '시체팔이'라는 낙인을 찍으며 피해자들에게 사회적 수치를 주었다. 그러니 우리 사회가 피해자의 관점에서 그 사건을 조사해 진실을 가리는 것은 불가능했다. 아직도 우리 사회는 그 참사의 원인을 정확히 밝히지 못하였다.

불행하게도 이런 참사가 다시 일어났다. 지난 2022년 10월 29일 서울 용산구의 이태원에서 할로윈 축제를 즐기기 위해 모인 젊은 사람들이 갑자기 몰려든 인파로 압사당하는 참사가 일어났다. 이 참사에 대한 국회 차원의 국정조사가 이루어졌지만, 참사에 책임이 있는 사람들은 무능했을 뿐 아니라 자신이 마땅히 져야 할 책임조차 인정하지 않았다. 이는 성숙한 어른으로서의 모습과 너무 거리가 멀어 많은 사람들에게 허탈한 마음과 함께 분노를 느끼게 하였다.

이제 우리는 사회를 위해서뿐만 아니라 자신을 위해서도 모든 사람은 타인과 관계하는 방법은 물론 기존과는 다른 리더십 모델을 배울 필요가 있다. 성인들은 가정과 사회에서 나름 리더의 역할을 해야 하는 사람들이다. 그러나 리더십 성장을 위해 이들에게 중요한 질문은 '리더로서 어떤 기술을 배우고 싶은가?'가 아니라 '어떤 리더가 되고 싶은가?'다. 이는 인간의 성장과 관련한 질문이기도 하다.

리더십은 기술, 기법, 전략 그 이상을 포함한다. 그것은 리더가 내면의 성숙함을 인식하고 관계 안에서 성장하는 방법과 깊이 연관되어 있다. 레오나드 두한은 자신의 리더십 영성에 관한 연구에서 "리더십이란 우리가 무언가를 하는 것이 아니라 우리의 됨됨이다. 그리고 이것은 우리 마음의 갈망에 대한 열정적인 응답"[3]이라고 주장한다. 그는 리더의 과제를 리더가 자신의 감정에 관심을 갖고 자기 인식을 할 때 일어나는 자기발전과 변화의 과정이라고 설명한다.

"리더십의 성장은 우리가 자기중심주의에서 벗어나 우리가 공유하는 세상과 타인에 대한 점진적인 발견과 함께 더 큰 자기초월을 향한 움직임과 병행한다."[4]

그러므로 리더십의 성장은 통합적이고 관계적인 영성에 기반을 둔다. 관계적 접근은 우정과 친밀함을 발달시키지 못한 채 성인으로 살아가는 한국의 중장년 남성이 정서적으로 성숙

---

3   L. Doohan, *Spiritual Leadership*, New York/Mahwha, NJ: Paulist Press, 2007, 18~19쪽.
4   위의 책, 28쪽.

하도록 이끌어줄 것이다. 사실 정서적 성숙은 한 인간의 성장을 위해서도 매우 중요하고 관계형 리더십을 위한 전제조건이다. 그뿐만 아니라 가정과 직장에서 정체성과 자기 존중감 상실로 고통 받는 한국의 중장년 남자들에게도 더 나은 관계적 이어짐을 발전시킬 수도 있다.

섬기는 리더십 servant leadership

섬기는 리더십에 대한 이해는 현대 남자들, 특히 한국 남자들이 받아들이기 쉽지 않은 모델이다. 이 모델은 1970년 로버트 그린리프(Robert K. Greenleaf)가 처음 제안했고, 이후 서구의 많은 지도층과 경영 관련 작가들 사이에서 인기를 끌었다. 종의 개념과 리더의 개념은 상당히 다르게 보인다. 그러나 그린리프는 이 두 개념을 통합한다.

"종-리더(servant-leader)는 우선적으로 종이다. … 이 리더는 사람의 먼저 섬기고 싶은 자연스러운 감정에서 시작한다. … 그 차이는 다른 사람의 최우선적인 요구가 충족되도록 우선적으로 하인이 취하는 보살핌에서 나타난다."[5]

즉 섬기는 리더는 다른 사람의 요구를 우선적으로 고려한
다. 하지만 한국 사회와 기업에서 보여주는 리더십은 이와 달
리 타인들의 욕구를 경청하기보다는 그들을 통제하는 방식으
로 권한을 행사한다.

섬기는 리더십의 필수적 요소는 바로 하인으로서의 진정성
이다. 다시 말해서 섬기는 리더가 된다는 것은 "사적 관심사를
치워버리고 우선적으로 타인 중심으로 리더십을 행사하는 것"[6]
을 의미한다. 섬기는 리더의 우선적인 관심사는 사람들이 속
한 공동체와 그들의 성장과 안녕(well-being)이다. 그린리프는 경
청, 수용, 공감, 예지, 인식, 설득, 개념화, 치유, 봉사 같은 자질
을 섬기는 리더의 자질로 제시한다.[7] 불행하게도 이러한 자질
은 위계적 한국 문화에서 중요하지 않았다.

---

5   R. Greenleaf, *Servant Leadership: A Journey into the Nature of Legitimate Power &*
    Greatness, New Your/Mahwah, NJ: Paulist Press, 2002, 27쪽.
6   L. Doohan, 앞의 책, 18쪽.
7   R. Greenleaf, 앞의 책, 30~50쪽.

누구든 리더가 되려는 사람이라면 먼저 다른 사람을 섬기는 법부터 깨우쳐야 한다.

권한을 주는 리더십empowering leadership

그렇다고 섬기는 리더에게 권력이 없다는 뜻은 아니다. 권력이란 사람들을 위해 봉사하고 조직을 운영하는 사람들의 리더십에서 필요하다. 조직의 리더가 권력을 어떻게 이해하고 사용하는지는 조직의 방향과 그 조직에 속한 사람들의 만족도에 영향을 미친다.

케네스 볼딩(Kenneth E. Boulding)은 『세 가지 얼굴의 권력』에서 권력이 어떻게 사용되는지에 따라 위협적 권력(threat power), 교환적 권력(exchanging power), 통합적 권력(integrative power) 세 가지 방식으로 구분해 설명한다.

위협적 권력이란 "불쾌한 결과에 대한 두려움 때문에 반대자들이 굴복하도록 강요할 수 있는 능력"을 말한다. 이런 방식으로 권력을 이해하는 지도자는 자신의 의지를 타인에게 강요한다. 한국 사람들은 독재자들과 위계적인 문화로부터 이런 위협적인 권력을 경험했다.

교환적 권력이란 "가치가 있는 것들을 생산하거나 교환하는 능력"이다. 예를 들어, 노동자들은 노동을 하고 그 대가로 임금을 받는다. 교환적 권력을 이행하는 사람은 계약과 법을 통해 이렇게 노동자들이 자신의 노동에 대한 정당한 임금을 받도록 한다.

마지막으로 통합적 차원의 권력이란 "한 사람이 사랑, 양육, 충성심, 그리고 다른 긍정적 형태의 사람들과 연결되어 자신이 갈망하는 것을 성취하게 하는 능력"[8]을 말한다.

사실 한국 사회를 비롯해 많은 사회가 권력행사 방식에서 남자에게는 위협적 권력을, 여자에게는 통합적 권력행사를 하

8　Terry A. Kupers, 앞의 책, 178쪽. '세 가지 얼굴의 권력'의 내용은 Kenneth E. Boulding, *Three Faces of Power*, Thousand Oaks, US: SAGE Publications Inc., 1990.를 보라.

도록 사회적 성역할을 구분했다. 이런 문화에서 남자들에게 '진짜 남자'가 된다는 것은 고액의 연봉을 받고 높은 지위에 오르는 것이다. 남자들이 낮은 임금을 받고 낮은 지위를 가진다면 스스로 성공하지 못한 실패자로 쉽게 정의하곤 한다.[9]

이런 고통에 처한 한국의 중장년 남자들에게 정체성과 소속감, 심지어 자신의 리더십 역할에 대한 새로운 접근이 필요하다. 이런 관점에서 "남자들은 위협적 권력에 가치를 부여하기보다는 통합적 권력에 더 많은 가치를 부여하도록 권력을 변화시켜야 한다."[10]

리더로서 역할을 하는 남자들이 새로운 방식으로 권력을 이해함으로써, 더는 타인의 의지를 꺾어 자신의 의지를 관철하지 않고 타인에게 자율적 권한을 부여하는 것을 배울 수 있다. 만일 사람들이 이런 방식으로 권력을 새롭게 정의한다면 "그들은 아이들을 양육하고, 아픈 사람들을 보살피며, 더 나은 친밀함을 발전시키는 일을 해가며 큰 보람을 느낄 것이다."[11] 관계를 파괴할 수 있는 중장년 남자들이 이렇게 권력에 대한 과거

---

9   Terry A. Kupers, 위의 책, 178~179쪽.
10   위의 책, 179쪽.
11   위의 책, 180쪽.

의 이해방식에서 벗어나 권력에 대한 새로운 이해와 삶을 산다
는 것은 중년기의 과제 중 하나인 창조/파괴 양극성 사이의 균
형을 이루는 차원에서도 중요하다. 사실 새롭게 무언가를 창조
하고 건설하려면, 경우에 따라서는 파괴를 요구하기도 한다.

리더십이란 효과적으로 관계를 발전시키고 유지하는 능력
이다.

> "리더십은 개인, 단체, 공동체 또는 조직에 속한 사람들이 변화를
> 가져오거나 저항하는 것과 관련해 그들의 태도와 행동에 영향을
> 주도록 영향력을 행사하고, 동기를 부여하고, 안내하고 지시하고
> 조정하는 것이다."[12]

리더십이 리더의 활동과 능력과 관계된 것이지만, 이는 기
술이나 기교 또는 전략만이 중요한 것이 아니라 리더의 내적
성숙도와 얼마나 깊이 자신을 인식하는지와 관계가 있다. 공동
체와 사회적 리더에게 중요한 문제는 각자의 삶에서 의미와 목
적을 발견하도록 촉진하는 것이다. 이러한 개인적 발전을 통해

---

12   D., Dorr, *Spirituality of Leadership*, Dublin: Columba Press, 2006, 77쪽.

서 리더 역시 함께 일하는 사람들에게 그런 가치들을 지지하게 한다.[13] 이런 의미에서 리더십은 "회심으로의 부르심"[14]이다. 좋은 리더는 단순히 태어나는 것이 아니라 가정과 사회조직 안에서 만들어진다.

리더십 개발을 위한 감정의 중요성

좋은 리더는 사람들에게 힘을 바탕으로 권력을 행사하지 않고 그들이 스스로 결정할 수 있도록 영감을 준다. 효과적인 리더가 되기 위해서 이성만을 발달시키는 것으로 부족하고 상상력의 발달도 중요하다.

리더십의 중요한 과제는 상상력을 발휘하고 내면의 세계와 만나는 것이다. 대니얼 골먼(Daniel Goleman)에 의하면 이렇게 훈련된 리더는 "낙관주의나 연민, 또는 희망에 찬 미래를 가리키는 염원을 이끌어내는 꿈"[15]을 명확하게 표현한다.

---

13 Doohan, L., 앞의 책, 17쪽.
14 위의 책, 18쪽.
15 D. Goleman, et al., 앞의 책, 49쪽.

"훌륭한 리더십은 감정을 통해서 작동한다."[16]

"리더가 긍정적으로 자신의 감정을 이끌 때, … 리더는 모든 사람의 최선을 이끌어낸다. 우리는 이 효과를 공명이라고 부른다."[17]

사실 사람들은 지도자로부터 지지를 받음으로써 정서적으로 연결되었음을 강하게 느낀다. 반대로 리더가 사람들의 긍정적 감정에 활력을 불어넣어줄 수 없을 때, 리더의 노력은 실패하거나 단절된 결과를 초래할 수 있다.

대니얼 골먼은 리더십에서 감정을 표현하는 간단한 방식을 설명한다. 리더의 얼굴 표정, 목소리, 몸짓을 통해서 감정 상태가 드러난다. "미소가 가장 전염성이 높다."[18] 그러므로 "그런 재능을 가진 리더는 감정적인 자석과 같다. 사람들은 자연스럽게 그에게 이끌린다."[19]

긍정적 감정을 표현할 수 있는 재능은 리더의 장점이다. 반면에 "부정적 감정, 특히 만성적 신경질, 불안 또는 허무감은 당면한 과제에 집중하지 못하게 방해해 업무수행에 지장을 준

---

16 위의 책, 3쪽.
17 위의 책, 5쪽.
18 위의 책, 10쪽.
19 위의 책, 11쪽.

미소는 가장 전염성이 높다. 웃는 리더는 사람들의 마음의 문을 열게 한다.

다."[20] 효과적인 리더십은 사람들이 자신의 감정을 두려워하게 하지 않고 존중하도록 돕는다.

이런 의미에서 성장과정에서 감정의 중요성을 무시하거나 부정하도록 배웠던 한국 남자들이 정서적인 리더십을 함양하는 것은 쉬운 일이 아니며 매우 큰 도전이 될 것이다. 그러나 도전은 하나의 기회이기도 하다.

리더십은 자신의 감정을 존중하고 올바로 표현할 때 더욱더 효과적으로 드러난다.

---

20 위의 책, 13쪽.

"효과적인 리더십은 자신의 긍정적 감정을 충분히 표현하는 반면에 격동적 감정을 잘 관리할 수 있는 능력을 말한다."[21]

공감하는 것이 결여되었거나 부정적 감정을 폭력적으로 표현하는 리더들은 불협화음을 조성하는 사람이다. 사실 이런 불협화음의 결과로 많은 사람이 관계가 단절된 성인기를 보낸다. 그러므로 정서적 성숙은 리더십을 위해서도 그리고 성숙한 성인으로서 삶을 위해서도 매우 중요하다.

리더가 사람들의 공감을 얻는 공명하는 리더가 되기 위해서 "자기인식, 자기관리, 사회적 인식, 관계관리"[22]가 필요하다. 자기 인식은 리더의 자신의 감정에 대한 지식을 의미한다.

자기 자신의 감정에 대한 인식 없이 우리는 관계적 삶을 유지할 수 없고 오히려 감정, 특히 부정적인 감정에 지배받게 된다. 정서적 자기관리를 통해서 리더는 자신의 감정을 통제할 수 있고 가정과 사회에서 투명성을 유지할 수 있게 된다. 리더의 투명성은 위계적 문화에서 특히 중요하다.

반면에 사회화된 의식을 가지고 있는 리더들은 자기 인식

---

21 위의 책, 48쪽.
22 위의 책, 30쪽.

이 없기 때문에, 자신의 감정을 모르고 잘 표현하지도 못할 뿐만 아니라 타인의 감정을 이해하는 능력도 매우 부족하다. 많은 경우 이런 사람들은 공적인 자리와 사적인 자리에서 감정표현에 큰 괴리가 있어 미성숙하다.

이런 리더들은 사람들로부터 권위를 인정받지 못하기에 사람들이 자신의 권위를 받아들이도록 힘을 이용한 권력행사를 한다. 이런 권력행사를 하는 행태가 전형적인 불협화음의 리더의 모습이다. 그러니 리더가 정서적으로 자기 인식을 한다는 것이 얼마나 중요한가.

사회인식은 리더가 타인의 감정에 주파수를 맞출 수 있는 감성지성에 뿌리를 두고 있다. 사회인식은 다름 아닌 공감능력이다. 사회인식이라는 감성지성을 가진 사람은 자신의 관계를 잘 관리할 수 있다. 따라서 사회인식은 관계관리의 토대가 된다. 특히 "리더들이 타인에 공감해 그들의 관점을 듣고 받아들이면, 그들은 사람들 사이의 감정의 채널에 주파수를 맞춰 공명하게 된다."[23]

---

23 위의 책, 31쪽.

개인적 성찰

수도자의 신원, 사제직과 권력

나는 1990년 2월에 예수회에 입회하여 2년의 수련기를 거쳐 첫 서원을 했다. 그리고 2년간의 철학과정과 2년의 사도적 실습기간, 그리고 4년간의 신학과정을 거쳐 2000년 7월에 사제로 서품되었다.

사제로 서품되기까지 거의 10년 반의 긴 시간이었지만 내가 성숙한 사제가 되기에는 넉넉한 시간은 아니었다. 다행히 나의 수도생활 여정이 온전한 성숙함이 이루어진 이후에 시작하는 것이 아니고 성숙한 사람이 되어가는 과정이어서 나는 지금도 하느님 앞에 부족한 죄인이지만 나의 부족함을 그분께 봉헌하며 살고 있다. 사제로 서품되기 전 10년 반의 시간은 어떤 면에서 나에게 수도자로서의 신원과 사제직이 권력이었음을 인식하게 해준 시간이었다.

나는 사도직과 관련된 모임에 참석하면 늘 사람들 사이에서 중심에 있었다. 심지어 내가 심심할 때 신자들에게 연락하면 그들은 나를 만나주었다. 나는 고립되어 있지 않았고 늘 사람들과 연결되어 있었다. 그리고 사람들은 수도자인 나를 자신

172

의 삶에 들어오도록 초대해주었다. 내가 잘나서가 아니라 그들이 못난 나를 단지 수도자란 이유로 중심에 있게 해주었고 자신의 삶 안으로 초대해주었다. 이런 수도자의 삶은 분명 특권이다.

나는 신학을 공부하고 사제직을 준비하면서 내가 수도자란 이유로 사람들의 삶 속으로 들어갈 수 있는 권력이 있음을 깨닫게 되었다. 나는 이 권력을 나를 위해 쓸 수도 있고, 하느님의 도구로 하느님을 위해 쓸 수도 있음을 안다. 그러나 나를 위해 권력을 사용하는 것은 명백한 남용이며, 이 권력을 사람들을 위해 사용하는 것이 바로 하느님께 봉사하는 것임을 의식하게 되었다. 이것이 내가 의식하는 사제로서의 권력이다.

사도직 역시 내가 무언가를 하는 것이 아니다. 내가 할 수 있는 일이란 오로지 나 자신을 보여주는 것이다. 사도직을 수행하며 타인에게 보여주는 나 자신이 성숙할수록 결과도 좋게 드러난다. 설사 실패했다고 하더라도 하느님의 도구로 행한 사도직에 실패라는 평가는 어울리지 않는다. 그래서 나는 실패에 대한 두려움에서 나름 자유로울 수 있다.[24]

---

24 사제직과 권력에 대한 나의 성찰은 '외로운 나와 같이 살기'란 제목으로 부록에 수록하였다.

리더십과 성장

예수회 안에서 나의 삶을 되돌아보건대, 내가 시작한 이 여정은 중년 남자로서, 예수회원으로서 내가 누구인지 깊이 이해하는 시간이었다. 또한 이 여정은 본질적으로 내가 수도자로서 그리고 사제로서 타인을 섬기고, 리더십이 무엇인지를 발견하는 데 도움이 되는 시간이었다.

"섬기는 리더십의 개념은 하나의 원칙이고 자연법과 같은 것이다. 우리의 사회적 가치 체계와 개인적 습관을 이 고상한 원칙과 일치시키는 것은 우리의 삶의 가장 큰 도전 가운데 하나다."[25]

사실 섬기는 리더십은 예수회원으로서 나의 소명에 큰 도전이다. "만일 어떤 사람이 리더이거나 그 조직에 속한 사람으로서 섬기는 사람이 되고자 한다면 그는 좋은 것이 만들어지도록 기대하고, 찾고, 들어야 한다."[26] 나는 섬기는 사람으로서 나의 소명을 살기 위해서 우선적으로 타인 중심 그리고 궁극적으로 하느님 중심의 삶을 살아야 한다. 이 여정 안에서 나는 늘 깨

25 L. Doohan, 앞의 책, 52쪽.
26 R. Greenleaf, 앞의 책, 23쪽.

어 있어야 한다.

"목표는 한순간에 완전한 변화(transformation)를 확립하는 것이 아니라, 매일의 삶을 통해 쇄신하도록 헌신하는 것이다. 영적 리더십은 지속적인 일상에서의 회심의 한 형태다."[27]

이를 위해서 나는 정직함으로 시작해야 하며, 바로 그렇게 시작한 길이 진정한 내가 누구인지를 만나는 길이 된다. 이 회심은 내가 나의 그림자를 제거해 없애는 것이 아니라, 진정한 나를 깊이 수용하는 것이다. '자기 수용', 즉 부족한 나를 있는 그대로 받아들이는 자세는 나에게 생명을 주며 희망을 불러일으킨다. 왜냐하면 "내가 약할 때 오히려 강하기 때문"이다. (2코린 12,10) 나에게 강하게 남아 있는 바오로의 이 한마디는 내가 추구하는 삶의 핵심이다.

나의 약함과 강함 모두를 포함해 진정한 나를 포용하는 것은 평생에 걸쳐 내가 해야 할 과제이며, 이것이 예수회원으로서 내가 리더십에 대해 본질적으로 가지고 있는 모든 것이다. 나는 이런 마음으로 하느님께로 향한 나의 여정의 발걸음을 재촉한다.

---

27   L. Doohan, 앞의 책, 15쪽.

인생 즐기기

내 안의 미성숙한 나와 춤추기

피아노 치는 것을 완전히 배워야 피아노를 칠 수 있다면, 아마 피아노를 칠 사람을 거의 없을 것이다. 일단 직접 피아노를 쳐가면서 피아노 치는 법을 배우는 것이다. 인생도 배워서 사는 것이 아니라 시행착오를 경험하며 배워가는 실전이다.

우리는 무언가를 배워 지적 능력을 키워야 인생에서 실수하지 않는다고 생각한다. 사람은 단순히 지적 능력만으로 인생의 모든 문제를 해결하지 못하며, 두려움과 불안은 외부에서 기인한 마음의 동요라고 생각해 자신을 강하게 훈련해 외부와 싸우는 능력을 키워야 한다고 생각한다.

그러나 두려움과 불안은 완전하지 못한 우리 인간 존재의 조건이다. 이 인간 존재의 조건을 온전히 수용하는 태도가 중요하다. 이를 위해 먼저 자신의 마음을 잘 들여다봐야 한다.

이번 장은 이 책의 결론 부분으로, 앞선 장에서 언급한 내용을 요약한 후 '내 안의 미성숙한 나와 춤추기'가 가능하도록 자기 인식과 관계를 발전시키기 위해 실천할 수 있는 프로그램을 제안해보도록 하겠다.

인생이라는 멋진 옷을 입고 어떤 춤을 출 것인가?

우리 현대사에서 거의 반세기 이상의 긴 시간 동안 우리의 사고와 삶을 지배한 것은 국가 경제개발에 대한 강박이었다. 군인이었던 박정희는 군사 쿠데타를 통해서 정권을 장악해 장기 집권(1962~1979)을 했고, 군대문화를 산업현장에 이식했다.

한국의 중장년 남자는 마치 국방의 의무를 수행하듯, 경제발전을 위해서 많은 것을 희생했고 자신이 원하는 삶보다 사회가 기대하는 삶을 살았다. 그들은 이렇게 자신의 정체성과 삶의 의미를 국가 정책과 기대와 동일시하면서, 오직 임무를 완수하는 기능적인 사람으로 성장했다. 그들은 자신의 마음에서 올라오는 감정을 신뢰하기보다는 지식을 습득함으로써만 현명해지고, 그렇게 함으로써 경제적으로 성공한 사람이 될 수 있다고 배웠다.

이렇게 기계적인 삶을 살았던 사람들은 인생의 성장 발달 과정에서 대면해야 하는 과제를 회피하게 되었다. 이런 가운데 그들의 가장 심각한 문제는 어려서부터 관계에서 친밀함이 약하고 공감능력이 발달하지 못해 관계를 제대로 맺지 못한 채, 중년기 과제인 개성화 과정을 대면하지 않아 자신의 고유한 모습이 무엇인지 잘 알지 못하는 것이다.

한국 남자들이 인간관계에서 친밀함이 약하고 공감능력이 부족한 이유로 문화적 영향을 들 수 있다. 한국 문화는 매우 경직된 측면이 있다. 그 경직된 문화로 유교의 영향을 받은 위계적인 문화, 편을 가르는 반공주의, 독재정권과 파시즘 등 제도적 폭력을 내면화하게 만드는 군대문화를 들 수 있다.

사회와 기득권자들은 사람들에게 이 경직된 문화에 순응할 것을 강요했다. 이런 경직된 위계문화 안에서 사람들은 인간관계보다는 역할을 더 중요시하였다. 이것이 그들이 관계적이지 않은 핵심적인 이유이다. 그들은 사회적 기대와 규범에 자신을 지나치게 동일시했고, 학습된 자기와 사회적 지위를 자기라고 생각했다. 그러나 상대적으로 진정한 자신에 대한 성찰과 지식은 부족했다.

경직된 문화에서 사회는 자신의 내면의 갈망과 자기다움을 추구하려는 사람들에게 부정적인 사회적 낙인을 찍어 사회적 수치를 주었다. 많은 사람들이 이 사회적 수치 때문에 자신들이 성장시켜야 할 자율과 자유를 거부하였다. 사람들은 이런 획일화된 사회에서 갈등은 불필요한 것이라고 수용했고 자신의 권리를 주장하는 것을 주저했다. 이렇게 순응이 학습된 그들은 심리적으로 자신의 권위를 주장하기 어려웠고 외부의 권위에 맹목적으로 의존했다.

한국 남자들이 관계적인 사람이 되려면 사회적 기대와 사회규범에 순응하기보다는, 자신의 내적 자기와 권위를 찾아야 한다. 이것은 그들이 이전에 살았던 방식과 다른 방식으로 살아가게 하는 중년기의 과제인 개성화다. 이런 의미에서 그들은 '젊음과 늙음', '남성성과 여성성', '창조와 파괴', '분리와 집착' 같은 인생의 양극성 사이에서 한 극단을 추구하기보다 균형을 잡을 필요가 있다. 이렇게 양극성 사이의 긍정적 균형은 성숙한 인간이 되기 위해 매우 중요하다.

한국 남자들이 서로 연결되었다는 관계적 영성을 살기 위해서, 긍정적 감정이든 부정적 감정이든 모든 감정에 관심을 두고 친숙해져야 한다. 사실 우리의 감정은 나 자신과 관계에서, 타인과 관계에서 그리고 하느님과 관계에서 우리가 누구인지를 알려준다. 그런데 감정에 친숙하지 못한 사람들은 자신이 누구인지 몰라 자신을 드러내지 못한다.

"자기를 드러내지 않고는 자기 이해란 거의 있을 수 없다."[1]

---

1   J. Nelson, 앞의 책, 50쪽.

그들이 나이가 들면서 자기에 대한 이해가 없고 자기를 인식을 할 수 있는 가능성도 없다면, 타인과의 관계와 하느님 또는 삶의 신비에 대해서 진정한 관계를 발전시킬 수 없게 된다. 이는 성숙한 인간으로서 살기 어렵게 하는 심각한 인간성 결여다.

감정은 논리적 사고를 하는 남자들에게 중요하지 않게 여겨졌고, 오히려 그들은 감정을 억압했고 불필요하다고 생각했다. 그러나 이제는 감정이 합리적인 삶의 일부라는 점을 배우고 있다. 사람들은 자신의 의식에 이성적 측면뿐만 아니라 정서적인 측면도 가지고 있다.[2] 자기 감정을 인식하는 사람은 다른 사람들과 공감하고, 고통에 처한 사람들에게 연민을 느낄 수 있다. 자기 내면의 감정을 인식할 수 있는 사람만이 친밀한 관계를 맺고 타인에게 자신의 취약함을 보여줄 수 있다.

한국 남자들은 온전하게 우정을 새롭게 정의하면서 그것을 키워갈 필요가 있다. 남자들은 우정에서 일체감을 동료의식으로 매우 중요하게 여기는 경향이 있는데, 동료의식은 일반적으로 개인적 관계보다는 집단주의적인 일사불란한 행위를 요구해 서로의 친밀함과 거리가 있을 때가 있다. 남자들은 그들

---

2 D. Goleman, et al, 앞의 책, 42쪽.

의 관계에서 감정적인 지지를 주고받기 위해서 좀 더 개인적인 사안과 친밀함을 나누고 공감 안에서 성장할 필요가 있다. 사람들은 정서적 지지를 받지 못하면 고립되며, 심각한 고립감은 자살 같은 비극적 결과를 초래할 수도 있다.

한국의 중장년 남자가 가정이나 어떤 조직에서 리더의 역할을 할 때, 긍정적 감정은 리더십을 행사하는 데 매우 중요하다. 긍정적 감정을 가진 리더들은 타인에게 공감해 격려하고 힘을 북돋워준다. 이런 지도자는 사람들을 통제하기 위해 권력으로 권한 행사를 했던 과거의 권위적인 지도자와 전혀 다르다.

한국의 중장년 남자들은 어려서부터 경험한 권위적인 리더십 때문에 리더십을 타인의 의지를 꺾어 자신의 의지를 관철시키는 일종의 기술 정도로 알고 있다. 그러나 이런 리더십은 올바르지 못할 뿐만 아니라 감성지성을 가진 섬기는 리더를 원하는 현대 사회의 흐름에도 역행하는 것이다. 우선 리더십은 기술, 기법, 전략 그 이상이다. 무엇보다도 리더가 내면의 성숙함을 인식하고 관계 안에서 성장하는 방법과 깊이 연관되어 있다. 단적으로 리더십은 인간 됨됨이다.

섬기는 리더는 권력을 이용해 자신의 의지를 관철하기 위해 사람들의 의지를 꺾지 않는다. 오히려 그 권력으로 조직에 속한 사람들을 섬기고, 영감을 주고, 공감하고 용기를 불러일으킨다. 그러므로 한국의 중장년 남자들은 감성지성을 성장시켜 가정이나 조직에서 사람들에게 영감을 불러일으키고, 격려하고, 섬기는 리더십을 발휘할 필요가 있다.

자기 인식과 관계를 발전시키기 위한 프로그램

의식성찰

나는 지금까지 한국의 중장년 남자들이 자신의 진정한 정체성과 관계적 이어짐을 발전시키는 중요한 과제에 대해 논의했다. 그들이 진정한 자기를 확립할 때 비로소 관계적인 사람이 될 수 있다. 자기다움과 자기 인식을 키우기 위해서 그들은 자신에게 더 큰 자유를 열어줄 수 있는 실천을 통해서 자신이 누구인지를 찾아가야 한다. 이런 관점에서 성 이냐시오의 영신수련의 '양심성찰'(Examen of Conscience)은 자기 인식을 확장할 수 있는 유용한 실천적 방법론이라고 할 수 있다.

그리스도교 신자뿐만 아니라 신자가 아닌 사람으로서 진정한 자기를 찾고자 한다면, 이 양심성찰은 기도와 이어짐을 위한 매우 유용한 실천적 방법론이 될 수 있다. 이 실천적 방법론을 통해서 자기 자신과 타인 그리고 하느님(절대자)과 깊은 관계를 발전시키도록 도움을 받을 수 있다. 영신수련은 수련을 하는 사람들에게 이 양심성찰을 매일 점심식사 전 그리고 잠자리에 들기 전에 15분씩 하도록 권한다. 이런 성찰은 일상에서도 가능하다.

개인적 경험 안에서 나는 이 양심성찰의 '양심'을 "편협한 도덕주의"[3]로 이해해서 오랫동안 나의 행위에 초점을 맞추었다. 그래서 나는 나 자신이 하느님을 위해서 무엇을 해야 하는 존재라고 생각했다. 그런데 나는 죄스러운 존재로 하느님께 무언가를 해드리기보다는 잘못하는 경우가 너무 흔했다. 나는 이 양심에 초점을 맞춘 양심성찰이 너무 불편했다. 점차 이 성찰(Examen)이 의식(Consciousness)의 흐름을 돌아보는 것이지, 행위와 연결된 양심(Conscience)을 돌아보는 것이 아님을 새롭게 깨달았다.

양심이 아닌 의식의 흐름을 돌아보면서 나는 내가 하느님

---

3   제임스 마틴, 성찬성 옮김, 『모든 것 안에서 하느님 발견하기』(The Jesuit Guide to Almost Everything), 가톨릭출판사, 2016, 186쪽. 스페인어나 이탈리아어의 '양심'을 의미하는 낱말에는 '양심'과 '의식'이라는 의미가 함께 담겨 있다. 영성 지도를 해왔던 예수회원 조지 아센브레너는 편협한 도덕적의 의미의 '양심'보다 '의식'이란 말을 써야 한다고 주장했다. 그래서 '의식성찰'이란 용어가 대중화되었다. 나도 '의식성찰'을 더 선호한다. '의식성찰'에 대해서는 같은 책 186~201쪽을 참고하라.

의식성찰은 편협한 도덕주의를 넘어 자신의 참모습을 볼 수 있는 효과적인 수단이다.

께 무엇을 해야 했던 것을 보는 것이 아니라, 하느님께서 나를
어떻게 이끄시는지를 보게 되었다. 그러므로 이 성찰은 심판의
하느님 앞에서 하는 '법적' 훈련이 아니다. 이것은 나 자신에 대
한 인식을 깊게 하도록, 그리고 하느님과 관계를 더 깊게 발전
시키도록 나를 도와주는 성찰 과정이다. 그래서 이 성찰은 진
정한 자기에 대한 지식을 발전시킬 수 있는 수단이다.

이 성찰을 하는 동안 우리는 행위뿐만 아니라 그날 경험한
생각과 느낌 등 내면의 움직임을 살펴보고 성찰한다. 우리는
종종 우리의 내면의 움직임과 같은 감정의 변화에 대해서 어떤
종류의 감정인지 알지 못하기 때문에 이런 성찰이 필요하다.

다음은 의식성찰을 하는 데 참고할 수 있는 간단한 순서다.

- 하느님의 현존 의식하기 : 성당이나 기도실, 혹은 조용한 곳에서 차분히 앉아 하느님의 현존을 의식한다.
- 감사하는 마음으로 하루 돌아보기 : 감사하는 마음을 가지고 하루 동안 어떤 순간들, 사건, 일을 경험했는지 돌아본다.
- 성찰 : 그 순간, 사건, 일을 경험하는 동안 내가 어떻게 행동했는지 살펴보고, 그때 내 안에 올라왔던 느낌, 무드(기분), 충동에 대해서 관찰한다.
- 응답 : 하루 동안의 경험과 느낌을 성찰하고 난 뒤, 다음의 질문에 답을 하며 성찰을 마친다. '나에게 생명을 주는 것은 무엇이었을까?' '내가 어떻게 그런 삶을 계속 살 수 있을까?' '내가 어떻게 내 삶을 다르게 살려고 갈망해야 하나?
- 주님의 기도로 의식성찰을 마친다.

스토리텔링

이미 앞에서 언급했듯이 "자기를 드러내지 않고는 자기 이해란 거의 있을 수 없다." 그러므로 자기의 삶을 이야기한다는 것은 자기를 이해하는 좋은 수단이 된다. 적어도 장시간 함께 일했거나 활동했던 사람들 앞에서 자신을 이야기하는 것은 자신을 알고 함께 친밀함을 만들어가는 좋은 기회가 될 것이다.

이렇게 사람들 앞에서 자신의 삶을 이야기할 때, 말하는 사람은 단순히 사건의 서술만이 아니라 그 사건 안에서 자신이 느낀 감정을 나누는 것도 필요하다. 긍정적 느낌을 나누면 자신도 더 영적인 존재로 진화할 수 있고, 부정적 경험을 편안하게 나누면 그 이야기를 들어주는 사람들과 좀 더 친밀한 관계를 발전시킬 수 있다. 여기서 부정적 경험이란 수치와 갈등, 그리고 분노와 슬픔을 느꼈던 경험을 말한다.

의식성찰이 이런 느낌을 성찰하는 데 도움을 줄 것이다. 말하는 사람은 자신의 경험을 사진과 같은 이미지로 보여주며 설명할 수 있고, 도화지에 간단하게 색연필로 그림을 그려 표현할 수도 있다. 그리고 듣는 사람들은 말하는 사람의 이야기에 관해 옳고 그름을 판단해 그에게 삶을 살아가는 방식을 가르쳐주려고 하지 말고 그의 이야기 안의 긍정적 경험과 부정적 경험에 대해서 공감하려고 해야 한다.

즉흥극

즉흥극이란 배우들이 스토리텔링을 듣고 그 이야기를 무언극으로 다시 표현하는 것이다. 이런 방식은 두 가지 긍정적 효과를 줄 수 있다. 먼저 자신의 경험을 이야기하는 사람은 자신의 경험을 정리함으로써 좋은 성찰의 시간을 갖는다. 그리고 그 이야기를 배우들이 연출하는 무언극을 보면서, 그는 자신을 객관적으로 보며 좀 더 깊은 성찰을 할 수 있고 아픔이 치유되는 경험도 할 수 있다.

오래 전 나는 필리핀 이주민들을 위한 전례 공동체를 동반한 경험이 있다. 이주민의 삶은 이중의 고통이 수반된다. 이들은 생계를 유지해야 하는 동시에 일해서 벌은 돈의 일부를 가족들에게 송금하기 위해서 노동을 해야 한다. 그런데 이주민들이 할 수 있는 노동은 소위 3D(위험하고danger, 힘들고difficult, 더러운 dirty) 업종이 대부분이다.

노동은 고통이다. 그리고 이들은 자신들의 문화와 전혀 다른 한국 문화를 일방적으로 수용하며 살아야 한다. 일방적 수용이란 거의 폭력이란 의미이다. 다행히 즉흥극을 해주는 배우들이 이 필리핀 전례공동체에 몇 차례 방문해서 그들의 삶을 듣고 그 경험과 느낌을 무언극으로 표현해주었다.

참가자들은 자신의 경험을 이야기할 때보다 무언극의 배우가 보여주는 표정과 몸짓을 통해 자신을 객관적으로 보며 더 많은 마음의 움직임을 감지한다. 대부분의 참가자들이 눈물을 흘리며 자신의 마음속에 묻어두었던 감정을 다시 내면화할 수 있었다.

요리교실

우리 사회는 삶의 기쁨과 슬픔을 서로 나누고 짊어지는 것을 삶의 가치로 가르치지 않았다. 오히려 삶을 생존이라고 가르쳤고, 서로를 경쟁자로 인식하게 했으며, 삶을 위계적으로 단순히 성공과 실패로 나누었다. 당연히 인생의 성공을 위해서 모든 것을 쏟아붇는 것이 상책이었다. 그래서 삶에 기념이 없고, 슬픔을 만져주는 위로도 없다.

결혼기념일이나 생일도 마음에서 우러나오는 그런 기념이 아닌 단순히 형식적인 기념에 그치는 경우가 많다. 설, 추석과 같이, 가족과 친척 그리고 마을 공동체에서 함께 기념해야 할 전통적인 의미의 명절은 이미 사라진 지 오래되었다. 명절이 되면 사람들은 마치 숙제를 하듯 짧은 며칠 안에 '빨리빨리' 부모님을 찾아뵙고 곧바로 생업전선에 다시 뛰어든다. 여기에 그 어떤 기념이 있는가?

인생에 여백이 없고, 그래서 여유도 없다. 상황이 이러하니

타인을 위해 정성껏 준비한 밥 한끼는 자신의 마음을 온전히 드러내는 것이다.

타인의 고통에 공감하는 것은 사치스런 행위이고, 일부러 타인을 초대해 환대를 베풀 이유도 없다. 우리는 경제적으로 다소 여유가 있지만 우리의 문화에는 인간적인 나눔이 없다. 나는 인간적인 환대와 나눔이 그립다.

음식 나눔은 손님을 환대하는 좋은 수단이고 우리를 서로 연결해주는 중요한 매개체다. 음식 준비는 매우 섬세함을 요구하는데, 우리 사회와 문화는 음식 준비를 주로 여성들의 일로 간주해왔다. 최근 많은 남자가 요리에 관심을 갖게 된 것은 매우 다행스러운 변화다. 왜냐하면 남자들이 섬세함을 익힐 좋은 기회가 되기 때문이다. 스토리텔링과 요리교실을 결합하면 남자들이 감성을 키우는 장이 될 수 있다.

요리교실 프로그램을 통해서 참가자들에게 요리를 가르쳐 주고, 가족들에게 그 요리를 제공하는 실습을 하게 한다. 마지막으로 관계 개선에 도움을 주기 위해 그 뒷이야기를 나눈다. 여기서 뒷이야기란 참가자들이 요리하고 가족들에게 식탁 봉사를 하는 과정에서 경험하는 마음의 느낌에 대한 스토리텔링이다.

참가자들에게 필요한 것은 타인을 위해서 기꺼이 음식을 만들려는 노동 그리고 타인의 반응과 자신의 마음에 올라오는 느낌을 알아채기 위한 관심과 예민함이다. 이런 뒷이야기의 나눔을 통해서 참가자들은 감정을 아는 능력인 감성을 키우는 것이다. 이 과정에서도 의식성찰을 통해 참가자들이 자신의 마음에 올라오는 감정을 살펴봐야 한다.

목공교실

어린 시절 집에 몇 가지 공구가 있어서 나는 나무를 자르고 못질하며 간단한 물건을 만들었다. 아마도 한국의 중장년 남자들 중에 나와 비슷한 경험을 한 사람이 적지 않을 것이다. 남자들에게 주방에 들어가는 것을 금했던 문화였기에 상대적으로 공구를 이용해 무언가를 만드는 일이 남자들에게 더 익숙한 편이다. 일선에서 은퇴한 남자들 그리고 요즘 정리해고와 명예퇴직 등으로 직장을 잃고 인생의 위기에 노출된 남자들에게 무언가 집중할 만한 프로그램을 추천하라면 목공교실을 꼽고 싶다.

호주나 아일랜드 같은 나라에서는 주거환경이 대부분 단독주택 형태이기에 많은 남자가 집의 창고나 헛간을 이용해서 무언가를 만들거나 수선하며 자신에게 집중하는 시간을 갖는다. 일선에서 은퇴한 이들에게 그와 같은 공간은 자신의 무료함을 달래는 좋은 장소가 되었다. 그래서 지방자치단체는 시민단체와 함께 중장년 남자들을 위해서 이런 공간들을 잇는 네트워크를 형성하고 다양한 프로그램을 운영한다. 이곳에서 남자들은 자신과 비슷한 처지의 사람들을 만나 그들로부터 삶의 다양한 경험과 어려움을 겪어낸 이야기를 나누며 삶의 지혜를 얻는 산 공부를 한다.

우리의 주거환경은 대체로 아파트 같은 집단주거시설 형태이기 때문에, 예전처럼 집에서 무언가를 만들고 수선하는 것이 쉽지 않다. 특히 한국의 도시에서는 독립적인 공간을 갖고 있는 사람이 거의 없기에 성당과 같은 종교시설에서 중장년 남자들을 위한 목공교실 등을 운영할 수 있다.

또 그들에게 다양한 프로그램을 마련해줄 수도 있다. 단 그들이 단순히 수혜자가 되도록 그러한 공간에서 일방적으로 프로그램을 제공할 것이 아니라, 스스로 자신들에게 필요한 것이 무엇인지를 찾는 논의 과정도 매우 중요하다. 이런 과정을 통해서 그들은 자신들의 갈망이 무엇인지 볼 수 있는 기회도 얻게 된다.

인생을 즐겨라!

인생은 전쟁이 아니다. 그러니 철갑옷을 입고 잔뜩 긴장할 필요가 있겠는가. 철갑옷이 아니라 있는 그대로의 나를 보여줄 수 있는 투명한 옷이 훨씬 편하고 자유롭다. 그것이 있는 그대로 자신만의 멋있는 옷이 될 것이다.

인생의 후반기는 인생이라는 멋진 옷으로 갈아입고 춤을 출 때다. 어떻게 춤을 추어야 하는지 고민할 필요는 없다. 다만 있는 그대로의 나를 보여줄 수 있는 용기만 있다면, 세월의 가락에 몸을 맡기면 된다. 그러면 나만의 춤을 추게 된다.

우리는 인생을 즐기도록 초대받았다. 그러니,

너의 인생을 즐겨라!

Enjoy Your Life!

부록

외로운
나와 같이 살기

인생은 외로운 것인가? 나이 육십이 넘었지만 나는 자주 외로움과 맞닥뜨린다. 그렇다고 내가 외로움 때문에 사는 게 힘든 건 아니다. 다행히 나는 이 외로움이라는 친구를 나름 잘 데리고 살고 있다. 이 외로움과 친해지기까지 나는 외로움으로 인한 고통을 처절하게 경험했다. 그때 나는 인생이 그렇게 비참할 수 있다는 것을 알게 되었다. 인생 수업료를 제대로 냈다고 해도 틀린 말이 아닐 것이다.

1996년 2월 27일 나는 사제직을 준비하기 위해서 신학을 공부하러 호주 멜버른으로 떠났다. 내가 호주에서 일 년 반 정도를 살았을 때 인간의 외로움이 이렇게 깊고 힘들 수 있을까 하고 생각했다. 처음에는 단지 "왜 이리 사는 것이 힘이 들까?" 정도로만 질문을 던지며 살았다. 그러고는 이런 어려움으로부터 빨리 탈출하고 싶었다.

호주에 가서 처음 1년간은 영어로 말하고 쓰는 공부에 매달렸다. 영어를 사용하는 나라에서 몇 달간 영어를 배워서 내가 하고 싶은 말을 유창하게 표현하는 것이 환상임을 깨닫는 데는 그리 오랜 시간이 걸리지 않았다. 그것도 30대 중반의 나이였으니 영어는 그다지 늘은 것 같지도 않았고, 또 앞으로 많이 늘 것 같지도 않았다. 그래서 거의 체념하여 마음을 비우고 살려고 했다. 그런데 사는 것이 재미가 없고 심심했다.

언어를 배우는 동안에는 그래도 여유가 있어서 심심할 때면 무언가 해보고 싶었다. 그러나 막상 할 것이 없었다. 이유는 간단했다. 우선 나는 여러 가지 정보로부터 격리돼 있었을 뿐 아니라 언어의 한계로 몹시 위축돼 있기도 했다. 또 나는 친구와 가족들로부터 멀리 떨어져 있었다. 이런 환경 안에서 나는 공동체 생활도 재미를 잃었다.

그런 상황에서 나에게 질문을 던졌다. "얼마나 대단하게 살 것이라고 이런 수도생활을 시작했을까?" "이것도 젊어서 하는 고생이니 사서라도 할 만한 의미 있는 고생인가?" 나는 한국으로 돌아가고 싶었다. 그렇다고 어떻게 돌아갈 수 있겠는가? 마음이 그렇다는 말이다. 그러면서 나는 자연스럽게 과거의 나의 모습을 그리워하게 되었다.

　그러던 어느 날 문득 분위기를 한번 바꾸어보고 싶었다. 그래서 하루를 어떻게 보낼 수 있는지 계획을 짜기 시작했다. "오늘은 영화를 한 편 봐야지. 그리고 돌아오는 길에 펍에 가서 맥주 한잔 하고 와야지." 하루 24시간 중 심심한 시간을 줄여보려면 이런 방법도 그리 나쁘지 않은 것 같았다. 그러나 이렇게 시간을 보내고 내 방으로 돌아오면 다시 그 무거운 외로움은 나를 그냥 두질 않았다.

　심심한 시간을 때울 수 있을 것 같으면 여러 가지 방법을 동원해서 다 해보았다. 그러나 내 방으로 돌아오면 여전히 같은 외로움이 나를 맞이했다. 나는 나 자신의 이런 초라한 모습에 화가 나기 시작했다. 별 볼일 없는 나의 모습을 인정하기가 무척이나 싫었다. 그래서 다시 계획을 짜기 시작했다.

　일주일에 세 번 정도는 운동을 하고, 주말에는 영화나 친구들도 만나고, 또 영어 공부를 한다는 핑계로 텔레비전에서 좋은 영화가 나오면 보기로 했다. 할 수 있는 한 이 무겁고 어두운 외로움으로부터 탈출하고 싶었다. 이것이 나의 호주에서의 첫 일 년간의 생활이었다.

　둘째 해를 맞이하면서 나의 생활에 변화가 온 것이라면, 단지 정식으로 학교에서 공부를 하는 것이었다. 내적으로는 늘 메말랐고 외로운 생활의 연속이었다. 외로움 때문에 비참한 처지였지만 나는 당장 해야 할 공부 때문에 내 방에서 갇혀 지내야 했다. 혹시 주말에 누가 나를 초대해주면 너무도 고마웠다. 그리고 가능하면 공동체를 떠나고 싶었다. 식사를 같이 하는 것도 고문이었고 미사를 같이 하는 것도 그랬다.

나는 그렇게 외로워하면서도 하느님께 의지하거나 기도할 생각을 하질 않았다. 사실 그동안 나의 삶이 완전히 깨진 상태에서 기도생활을 강요하는 것은 또 다른 고문이었을 것이다. 나는 하느님께 푸념하며 공동체 근처의 공원을 걸어서 산책을 하곤 했다. 왜 내가 이런 고통을 받아야 하는지 이해할 수 없었다. 내가 할 수 있는 일이라곤 그렇게 공원을 걷는 것이었다. 다행히 공동체 주변에 큰 공원이 두 개가 있었다.

나는 예수회에서의 삶이 이렇게 어려울 거라고 꿈에도 생각해본 적이 없었다. 그러던 어느 날 한 가지 질문이 생겼다. "내가 언제까지 이렇게 도망을 다녀야 하는 걸까?" 또 "언제까지 나의 외로움을 채우기 위해 남들에게 구걸해야 하는 걸까? 외로움 없이 살수는 없는 것일까?"

내가 예수회에 입회하기 전 "결혼한 부부들도 외로워요"라고 말하던 어떤 중년 부인의 말이 떠올랐다. 사실 그때 그 말은 나에게 그다지 큰 의미로 다가오지 않았다. 그러나 외로움에 방황하던 나는 그때 그 중년 부인의 말을 곰곰이 곱씹기 시작했다.

그러던 어느 날 나는 외로움을 느낄 때 하느님으로부터 철저히 버림받았다고 느꼈다. 그런데 내가 나의 외로운 처지에 대해서 하느님께 푸념을 하는 동안 그것이 하나의 기도였고 있는 그대로 그분과 대화를 하는 것이었음을 의식하게 되었다. 내가 하느님과 대화한다는 느낌은 나에게 말할 수 없는 위로였다. 또 외로움을 떨치고 싶었는데 그 외로움을 떨쳐버릴 수도 떨칠 필요도 없음을 깨닫게 되었다. 오히려 나는 외로움을 인간 존재의 한계로 받아들이려고 노력하게 되었다. 뿐만 아니라 내가 외로울 때 나는 스스로에게 그 외로움을 일깨워주기 시작했다.

사실 전에는 외로움을 떨쳐버리기 위해서 영화관에도 가고 친구들도 만나고 조깅도 했지만 이제는 그럴 필요가 없고 그냥 외로운 나와 함께 영화관에 가고, 친구를 만나고 그리고 조깅을 하러 나가게 되었다. 뿐만 아니라 이제는 내 방에서 조용히 책을 읽을 수도 있고, 음악을 들으며 외로운 나 자신을 대면하게 되었다.

다시 말해서 전에는 내가 외로움 안에서 철저히 고립되었다는 고독(Desolation)을 체험했지만 이제는 외로움이 아닌 철저한 고독(Solitude) 안에서 하느님과 대화하는 것을 체험하게 된 것이다. 비로소 내가 하느님 안에서 편안한 인간의 모습으로 돌아온 것이 아닌가 생각한다.

이 체험은 나에게 여러 가지를 성찰하게 했다. 나는 나의 수도자로서의 권력(Power)과 권위에 관하여 의식하기 시작하였다. 나는 주로 사람들 사이에서 중심에 서 있었다. 이것은 내가 잘나서가 아니라 수도자라는 신분 때문에, 더욱이 우리 사회의 위계적인 문화 때문에, 사람들이 나를 늘 사람들 사이에서 중심에 놓아준 것이다. 아마도 사제라는 직분은 더욱 더 그럴 것이다. 그러나 나는 과거에 내가 사람들 사이에서 중심에 섰던 모습에 대해서 아무런 의식 없이 생활했고, 지극히 당연한 것이라고 생각하기도 했다.

그런데 호주 사회는 한국 사회에 비해 위계적이지 않고 더 평등해 보였다. 그런 문화에서 나는 당연히 많은 사람들 가운데 하나였다. 그런데 삶이 외롭다 보니 과거의 나의 모습을 그리워하게 되었던 것 같다. 그리고 나는 내가 아무것도 아니라는 것을 받아들이기 어려웠다.

그러나 내가 외로움을 맞닥뜨리면서부터 과거에 주위에서 나에게 관심을 가져준 사람들에게 고마운 마음이 생기기 시작했다. 뿐만 아니라 앞으로 수도자로서 내가 가지고 있는 권력과 권위를 어떻게 나누어야 하는가에 대해서 새로운 질문을 스스로에게 던지게 되었다.

사실 가톨릭교회에서 사제에게 권력과 권위가 부여된다. 이것을 부정할 필요는 없다. 오히려 부여된 권력과 권위를 어떻게 잘 사용하느냐가 더 중요한 문제이다. 무엇보다도 내가 그 권력과 권위 그 자체 때문에 사제가 되려는 것이 아니라, 그런 권력과 권위가 남들에게 봉사하기 위한 수단임을 의식하는 것이 중요하다.

내가 예수회 소속의 사제라는 신분은 나의 구원을 위해서 중요하다. 그러나 신분 자체가 나에게 구원을 가져다주지 않는다. 더 중요한 것은 하느님과의 관계이다. 그래서 수도자로서 사는 것이고, 수도자로서의 권력과 권위를 이웃과 함께 나누며 사는 것이다.

또 나는 성에 대해서서도 새롭게 이해하게 되었다. 수도생활을 결심했던 당시에도 가정을 이루는 혼인이 아니기에 수도

생활을 혼자 사는 삶이라고 단순화했다. 그래서 나는 고립된 상태에서 느꼈던 깊은 고독과 같은 외로움은 내가 결혼을 하지 않았기 때문이라고 생각했다.

어떤 면에서 나는 다분히 성을 행위로 이해하고 있었던 것 같다. 그래서 성적 나눔을 하고 자녀들을 부양하는 부부들은 깊은 고독과 같은 외로움을 느끼지 않을 거라고 생각했던 것이다. 그런데 혼인한 중년 여성의 "결혼한 사람들도 외롭다"는 말은 내가 외로움과 성과 관련한 잘못된 신화를 따르고 있음을 지적해주었다. 나는 인간 존재 조건으로 외로움을 받아들이기 시작했다. 나는 외로움을 거부했을 때와 비교해서 한결 안정적인 삶을 찾았고 외로운 나와 함께 살 수 있는 힘을 얻게 되었다.

사실 나는 성을 행위로 매우 좁게 이해했다. "섹스를 하든지 하지 않든지 우리는 살아갈 수 있다. 그러나 공동체, 가정, 우정, 그리고 창조성이 없이는 우리는 살아갈 수 없다. … 성이란 이런 것들에 대한 배고픔이고 에너지이다."[1] 행위로서의 성은 나를 이상한 신화로 끌어들여 더욱더 외롭게 나를 고립시켰다. 그러나 전인적인 차원에서의 성(Sexuality)은 나를 조금 더 편안하

1 로널드 롤하이저, 『하느님의 불꽃 인간의 불꽃』, 유호식 옮김, 성바오로출판사, 2010, 93쪽.

게 해주었다.

나는 성적 욕구가 젊음 또는 수도 생활의 깊이와 관련이 있다고 생각했다. 이런 나에게 성적 욕구는 너무도 수치스런 감정이었다. 이것도 잘못된 신화이다. 아마도 이런 성적 욕구는 나이가 들어도 없어지지 않을 것이다.

사실 우리는 성적 욕구를 무시하거나 제거할 필요도 없다. 이는 우리가 타인과 관계를 맺는 존재이고 그들과의 관계 안에서 살아야 하는 존재인 성적 존재(Sexual Being)임을 알려주는 것이고, 무엇보다도 하느님과의 관계 안에서 자신을 봐야 한다는 것이다.

나에게 외로움을 대면하도록 한 이 체험은 나의 인생에서, 그리고 수도 생활에서 매우 중요한 전환기적인 사건이었다. 즉 하느님께서 나를 얼마나 사랑하고 계신지 새삼 느끼게 된 체험이었다. 어려움과 좌절, 그러나 그런 것들을 극복하고 받아들일 때, 얼마나 큰 기쁨이 그분께로부터 오는지 알게 되었다. 이는 나의 자연인으로서의 삶과 예수회 안에서의 삶을 지탱해줄 것이다. 내가 사도직 현장에서 만나는 사람들과의 관계는 이런 자각을 통하여 더욱더 풍요로워졌다고 나는 확신한다.

내가 키우는
내 안의 어린아이

나는 청년기가 끝날 무렵 나의 미성숙한 점을 좀 더 깊이 인식할 수 있는 기회를 갖게 되었다. 나는 권위를 가진 사람과 관계를 맺을 때 불편함을 느꼈음을 인식하게 되었다. 수십 년에 걸친 이런 미성숙함이 나의 어린 시절에서 기인한다는 것을 깨달았다.

1999년 7월 나는 호주 대륙 중앙에 있는 알리스 스프링스(Alice Springs)와 다른 몇 장소를 여행했다. 나는 가톨릭 선교지인 산타 테레사(Santa Theresa)라고 불리는 원주민 부락에서 열흘간 머물며 피정을 했다. 이곳에 가기 위해서 나는 멜버른에서 밤기차를 타고 10시간을 달려 사우스 오스트레일리아(South Australia) 주의 수도 아들레이드(Adelaide)에 아침 9시쯤 도착했다. 그리고 여기서 여섯 시간을 쉬고 다시 오후 3시쯤에 다시 기차

206

를 갈아탔다. 그 노선을 오가는 기차 이름은 '간'(Ghan)이었다.

알리스 스프링스까지 긴 여행이기에 대부분의 승객은 침대 칸을 이용했다. 나를 포함한 승객 세 명만 이 좌석 칸을 이용했다. 그 덕에 나는 편하게 여행을 할 수 있었다. '간'은 밤 10시 반쯤 사우스 오스트레일리아 주의 북부에 위치한 포트 어거스타(Port Augusta)에서 마지막으로 승객을 태우고는 알리스 스프링스까지 쉬지 않고 달려 다음 날 오전 10시쯤에 도착했다. 거의 18시간을 달린 것이다.

나는 그렇게 멜버른을 떠나 2박 3일 만에 호주 사막 중앙에 도착했다. 산타 테레사는 여기서 비포장도로로 약 80킬로 떨어진 곳에 있었는데, 그날은 알리스 스프링스의 한 성당 손님방에서 잠을 자고 다음 날 다시 차를 운전해서 산타 테레사에 갔다. 결국 멜버른에서 산타 테레사까지 3박 4일의 시간이 걸린 셈이다.

나는 밤기차를 타고 가보지 않은 곳을 여행하면서 지루함과 답답함을 느꼈다. 밤기차는 바깥 풍경을 볼 수 없었기에 마치 길고 어두운 터널을 통과하는 기분이었다. 특히 알리스 스프링스를 향하는 기차가 밤에 긴 사막을 통과할 때는 내 마음속에 두려움도 슬며시 고개를 쳐들었다. 이 두려움은 내가 기차 밖의 상황을 전혀 알 수도 예측할 수도 없기에 생기는 무력감에서 비롯된 것이었다.

나는 그 기차 좌석 칸 밖에 나가서 담배를 피우기도 했고, 아무도 없는 좌석에 누워 잠을 자기도 했다. 그래도 열차가 캄캄한 밤을 뚫고 사막 한 가운데로 접근해가는 긴 여행은 지루하고 답답했다.

그 좌석 칸에 내가 유일한 사람이 아니라 다른 두 사람이 있어서 참으로 다행이었다. 그 중 한 사람은 호주 백인 청년이었다. 그는 노던 테리토리(Northern Territory) 북부의 어느 지역에 사는 청년으로, 고향으로 가는 중이었다. 그는 한국에 대해 좀 알고 있었고, 이름이 아일랜드 뿌리를 가진 가톨릭 신자여서 좀 수월하게 대화를 나눌 수 있었다.

아침 7시 즈음에 여명이 트기 시작하면서 서서히 사막이 제 모습을 드러냈다. 날이 조금 더 밝아지자 온통 붉은색의 모래사막이 보이기 시작했다. 그 붉은 모래사막 위로 건드리면 '툭' 소리를 내며 부러질 것 같은 마른 가지의 나무들과 수분을 보존하기 위해 최대한 표면적을 줄여 밤송이처럼 뾰족한 나뭇잎을 가진 식물들이 군데군데 자라고 있었다. 그리고 간혹 캥거루와 월로비가 뛰어다는 것이 보였다.

내가 사막이 주는 건조함에 압도되어 있는 동안 청년은 고향이 조금씩 가까워오는 것을 느꼈는지 기뻐하며 조금 흥분한 것 같았다. 그는 당장 그 모래 위로 가서 뒹굴고 싶다고 말했다. 그에게 사막은 마치 엄마의 자궁 속 태아가 느끼는 편안함을 주는 공간 같았다. 반면에 나에게 사막이란 생존을 위해 적응해야 하는 위협적인 장소였다. 뿐만 아니라 나는 그런 사막에 생물이 생존한다는 것도 쉽사리 받아들이지 못했다.

이렇듯 나는 멜버른을 출발해서 알리스 스프링스로 가며 내 안에서 올라오는 불안함을 보게 되었다. 그리고 산타 테레사의 원주민 부락에 도착해서 원주민들의 무표정한 반응에서 내가 환영받지 않는 것 같아 더 불편했다.

나의 피정을 동반해줄 밸(Bal) 수녀님이 나와서 나를 맞아주었고, 머물 방까지 안내해주었다. 나는 짐을 풀고 점심을 해먹고, 오후에 수녀님을 만나 피정 안내를 받았다.

수녀님은 나에게 "이곳에 무엇을 가지고 왔습니까?"라고 물었다. 나는 하느님께서 주도권을 쥐고 나의 피정을 이끌어가실 이 피정에 내가 특별히 무엇을 가지고 와야 한다고 생각하질 않았다. 그런데 멜버른을 출발하여 이곳까지 오는 동안 내 안에서 올라왔던 경험들이 생각이 났다. 그래서 그 답답함과 불편함을 이야기했다. 수녀님은 "두려움이군요"라고 간단히 정리를 해주시며 여기에 머무는 동안 이곳 환경에 나를 개방하는 연습을 좀 해보라고 권해주셨다. 그리고 나는 내 방으로 돌아왔다.

방에 돌아온 나는 긴 여행으로 인한 피곤함이 몰려와 잠깐 낮잠을 청했다. 얼마나 잤는지 모르는데 잠결에 어디선가 현대 악기 소리가 들려왔다. 나는 원주민 부락에서 들려오는 현대 악기 소리가 너무 신기해서 잠자리에서 일어나 그 소리를 따라갔다. 그 소리는 블록으로 지어진 큰 건물에서 흘러나오고 있었다.

나는 외부 사람이어서 좀 조심스럽게 행동해야 한다고 생각하여 건물의 문을 살짝 열고 안쪽을 들여다보았다. 그 건물은 농구 코트 반 정도가 있을 만큼 큰 건물이었는데, 그 안쪽에서 청년들이 악기 연습을 하고 있었다. 나는 그 정도 상황을 확인하고 방으로 돌아왔다.

그리고 다음 날 수녀님을 만나 전날 있었던 일에 대해 이야기했다. 수녀님은 그 건물은 마을 공동체가 모이는 마을 회관이고, 그날 있었던 행사에 대해 설명해주었다.

원주민은 호주 문화에 적응하기가 쉽지 않았다. 그래서 어른들은 알코올 중독으로 자신과 가족들에게 고통을 주고, 아이들은 패트롤 스니핑(우리의 본드 흡입과 같이 자동차 휘발유를 흡입하는 행위) 때문에 사회적으로 문제가 되었다. 산타 테레사에서는 이런 아이들에게 관심을 갖는 차원에서 매주 1회 아이들을 위해 댄스파티를 여는데, 어제가 바로 그 행사가 있었던 날이라고 수녀님은 설명해주었다.

수녀님은 설명을 마치고 나에게 왜 거기에 들어가지 않았는지 물었다. 나는 외부 사람이라 들어가면 안 될 것 같아서 들어가지 않았다고 대답했다. 수녀님은 나에게 들어가고 싶은 마음이 있었는지를 다시 물었다. 나는 그런 욕구가 전혀 없었던 것은 아니라고 말했다.

수녀님은 내가 지나친 경계심을 가지고 있어서 외부 환경에 나를 개방하지 못한다고 생각했는지 나에게 "마음 깊은 곳의 갈망을 따라가세요. 그러면 하느님을 만납니다"라고 말하며 나를 격려해주었다. 그리고 그 마을 회관에 들어갔다 오라고 나에게 숙제를 내주었다. 나는 수녀님의 권유를 염두에 두며 나를 새로운 환경에 대한 개방성을 성장시키기 위해서 매일 저녁식사를 마치고 그 마을 회관에 가서 얼마간의 시간을 보냈다.

댄스파티는 매주 같은 요일에 열렸다. 그래서 나는 피정을 마치기 전에 그 댄스파티를 다시 볼 수 있었다. 저녁식사를 마치고 늘 하던 일과처럼 나는 원주민 아이들이 춤을 추는 것을 보러 마을 회관에 가서 벽을 따라 놓여 있는 의자에 앉아 아이들이 춤을 추는 것을 구경했다. 아이들은 수줍음이 많은 듯 회관 내부의 불빛은 희미하였고 음악이 연주되기 시작하면 중앙으로 조금씩 이동했고 음악 연주가 끝나면 쏜살같이 자기 자리로 돌아갔다.

나는 그런 모습을 재미있게 구경했다. 그렇게 아이들의 댄스파티를 구경하고 있는데 아장아장 걷는 아이가 나에게 오더니 손가락으로 회관 중앙을 가리켰다. 그것은 '너도 가운데 나와서 춤을 춰봐'라는 메시지였다. 나는 순간 당황하여 아이에게 손뼉을 치며 돌려보냈다. 그리고 다시 의자에 앉아 춤을 구경하고 있었다. 한 5분이 흘렀을까, 아이는 다시 나에게 와서 회관 중앙을 가리켰다. 나는 스스로 춤을 배우지 못해서 춤을 추지 못한다고 생각했다. 그래서 나가서 춤을 추면 남들의 구경거리가 될 거라고 생각해 그 아이를 다시 돌려보냈다. 그리고 나는 그 아이에게 너무 미안했고, 또 그 아이가 나에게 또 올 것 같아 불편한 마음이 들어 내 방으로 돌아왔다.

방으로 돌아와 그 아이와 있었던 일을 다시 성찰했다. 아이의 초대를 받아들이지 않아서 아이에게 무척 미안한 마음이 들었다. 긴 시간 동안 그 일이 마음에 걸렸고, 한편으로 나는 이런 나의 경직성 때문에 무척이나 불편했다. 그리고 나의 기억 속에 어린 시절 아버지와의 관계와 다른 몇 가지 사건들이 떠올랐다.

아버지는 한국전쟁 중에 가족들과 함께 이북에서 월남하여 남쪽에 정착하셨다. 대부분의 월남한 사람들이 그러하듯이 아버지는 국가 이념에 순응하는 반공주의자였고, 생활력이 강한 분이었다. 그래서 아버지는 당신의 자식들도 생활력이 강한 사람이 되기를 원하셨고, 그렇게 되기 위한 한 가지 방법으로 공부를 잘하기를 요구하셨다.

한번은 내가 초등학교에 다닐 때였다. 아버지는 내가 공부를 게을리 하고 있다고 생각하셨는지 나를 불러 앉혀놓고 물으셨다. "학교에서 집으로 돌아오면 제일 먼저 무엇을 해야 하느냐?" 집에 와서 무엇을 해야 하는지 나는 잘 알고 있다. 그래서 나는 "좀 놀고 공부를 합니다"라고 대답했다. 그러나 아버지 질문의 핵심은 '제일 먼저'에 있었다. 나의 대답은 아버지의 입장에서 틀린 답이다. 아버지는 "먼저 복습과 숙제를 하고 시간이 남으면 놀아야지"라고 내 답변을 바로잡아주었다.

또 한번은 중학교에 다닐 때의 일이다. 나도 다른 친구들처럼 기타를 치고 싶었다. 그래서 아버지께 기타를 하나 사주시면 안 되냐고 물었다. 그런데 아버지는 "그런 것은 딴따라나 하는 거지. 너는 그저 공부만 열심히 하면 된다"고 말씀하셨다. 아버지는 미래의 성공을 위해서 악기를 다루는 기술보다는 공부가 더 좋은 선택이라고 생각하셨던 것이다. 그렇게 아버지는 나의 의지를 꺾어버렸다. 아버지는 그렇게 나에게 당신이 원하는 것만을 요구하는 경직된 모습의 어른이었다.

나는 경직된 아버지를 설득하는 것에 지쳐 나름 순응주의자가 되었던 것 같다. 그리고 아버지의 기대에 부응하려고 노력했다. 그래서 매우 진지한 사람이 되었다. 그리고 나는 무엇을 하든 좋은 결과를 아버지께 보여드려야 했다. 학교에서 시험을 보면 그 결과로 성적표를 보여드리는 것이다.

어린 시절 학교에서는 성적표에 부모님 도장을 받아오게 하였다. 성적이 좋을 때는 자신 있게 아버지에게 가서 도장을 받았다. 그런데 성적이 좋지 않으면 나는 늘 엄마에게 갔다. 엄마가 계셔서 다행이었다. 어쨌든 아버지에게 무언가 좋은 결과를 보여주기 위해서 내 의지를 억압해야 했으며, 좋은 결과를 기대하며 걱정하고 불안한 마음에 초조했다. 이런 심리적 불안은 단지 아버지에게 무언가를 보여주는 것뿐만 아니라 남들 앞에서 무엇을 할 때도 마찬가지였다. 나는 좀 완벽해야 마음이 편했다. 그러기 위해서는 많이 준비를 해야 했고, 준비가 안 되면 불안했고, 준비를 잘 했다 해도 결과에 초조했다.

지금도 기억이 생생한 것이 초등학교 4학년 때에 담임 선생님의 권유로 반공 웅변대회에 반 대표로 참가한 일이다. 모두들 나를 격려해주었지만 내 차례가 다가올수록 무척 긴장을 하였고, 그래서 청중들 앞에서 말을 더듬고 말았다. 아직도 그때의 기억이 트라우마처럼 남아 있다. 이처럼 나는 다른 사람들 앞에서 무엇을 할 때면 실수를 하지 않으려고 긴장했고 떨었다.

수도생활 초기 내가 전례 시간에 사람들 앞에서 독서를 하면서도 이런 경험을 했다. 나는 이런 불안함이 수치스러워 타인에게 이런 나의 모습을 보여주려고 하지 않았다. 내가 이런 불안함을 극복하고 감추려고 할수록 나는 더욱더 초조함과 불안함을 느꼈다. 이것이 내가 처한 비참한 상황이었다. 이렇듯 아버지의 기대와 나의 역할은 깊이 연관되어 있었고, 나의 어린 자아(Ego)는 어려서부터 아버지의 강한 영향을 받았다.

산타 테레사에서 어린아이가 나에게 와서 춤을 추자고 했을 때, 나는 춤을 출줄 모른다고 생각했고 그런 상태에서 춤을 추면 다른 사람들에게 창피할 거라고 생각했다. 어릴 때 형성되었던 나의 어린 자아는 나에게 그 어린아이의 초대를 거부하게 했다. 나는 나를 보호하기 위해서 타인의 초대를 거부하는 방식으로 매우 소극적으로 나의 삶을 대한 것이다.

만일 내가 나의 어린 자아에게 어린아이의 초대를 받아들여 춤을 추자고 요구했으면 어땠을까? 이 방식은 당연히 옳지 않았다. 이 방식은 내가 과거에 살아왔던 방식에 더 가깝다. 만일 내가 나의 어린 자아에게 어린아이의 초대에 적극적으로 응하는 것이 수도자로서 올바른 자세라고 강조하며 춤을 출 것을 요구했다면 과거 아버지가 나에게 강요하듯 나도 아버지처럼 나의 어린 자아를 강요하는 것이다. 그러므로 어릴 때 아버지의 강요로 상처를 받았듯이 나의 어린 자아도 나의 강요로 상처를 받았을 것이다. 그래서 마지못해 나가서 춤을 추기는 하겠지만 마음으로부터 흥이 나지 않은 어정쩡한 상태에서 춤을 추는 모습이었을 것이다.

경험적으로 나는 어른들이나 아버지의 요구를 억지로 따르다가 화를 터뜨리곤 했다. 왜냐하면 내가 원하지 않는 것을 억지로 하면 나는 두려움 혹은 무시당함과 같은 부정적인 감정을 갖게 된다. 이런 부정적인 감정을 보상하기 위해서 분노가 올라오는 것이다. 나는 이렇게 골을 부리는 방식으로 나를 표현하며 그들의 강요와 권위를 거부하였다. 그러나 이런 방식은 매우 유치하다. 이런 유치한 방식의 표현이 어린 시절에서 끝나지 않고 나이가 들어도 계속 진행된다는 것이 문제이다.

우리가 미성숙한 어린 자아의 요구를 따라가면 우리는 미성숙하게 행동하게 된다. 반면에 우리가 어린 자아에게 무언가를 의무로 생각하며 따르도록 강요한다면 두려움에 쌓여 있는 어린 자아는 상처를 받고 마침내 화를 낸다. 그렇다면 어떻게 하면 좋을까? 우리의 어린 자아도 성장이 필요한데 이를 위해서 어린 자아와 대화를 해야 한다. 예를 들어 이렇게 말해보면 어떨까.

"춤을 어떻게 추어야 하는지 몰라서 춤을 추는 것이 불편하지? 나도 너의 두려움을 이해해. 그런데 저 어린아이가 춤을 같이 추자고 초대를 하는데 그 초대를 거부하면 저 아이가 상처를 받을 수도 있지 않을까? 그냥 그 초대를 받아들였다는 것을 보여주기 위해서 잠깐 나가서 춤을 추면 어때? 그러나 네가 너무 불편하면 그때는 다시 돌아오면 되지 뭐. 어때, 나가서 춤을 춰볼까?"

이런 방식으로 나는 어린 자아도 보호하고 마침내 나도 보호할 수 있을 것이다. 뿐만 아니라 이런 방식으로 어린아이의 초대에도 응답을 할 수 있게 된다. 이것은 다름 아닌 나의 어린 자아와 화해하는 한 형태이다. 내가 나와의 관계에서 상호성이라는 감각을 갖기 위해서 그리고 위계적인 문화에서 나의 자율성을 성장시키기 위해서 이는 매우 중요한 상상이다. 결국 내가 성숙해진다는 것은 내 안의 미성숙한 어린 자아를 성장시키는 것이다. 내가 골을 부리며 화를 내는 방식은 바로 미성숙한 어린 자아의 방식을 따라가는 것이기에 내가 유치해지고 미성숙한 방식이 된다.

이 사건은 나에게 나와 화해하도록 초대했다. 나는 권위에 순응하고 외부의 기대에 부응하려고 노력할 수밖에 없었다. 특히 아버지의 기대와 요구를 들어주려고 무척 노력했다. 그래서 늘 좋은 결과를 들고 아버지 앞에 가려고 하였다. 그러나 나는 이제부터 좋은 결과를 준비하지 않아도 된다는 의미로 빈손을 상상했다. 이는 아버지에게 빈손으로 가도 된다는 의미이다. 이런 상상을 내면화하면서 나를 더 많은 자유를 느끼게 되었다.

또 나는 그 어린아이의 춤을 같이 추자는 초대를 거절한 것이 끝내 미안했다. 그래서 그 아이와 춤을 추는 상상을 했다.

그런데 이는 다름 아닌 나의 어린 자아와 춤을 추는 것이다. 어린 자아는 무엇이 옳고 그른지 알고 있다. 다만 그것을 논리적으로 설명할 수 있는 능력이 부족한 미성숙한 아이다. 그는 실수하는 것을 부끄러워하고 두려워한다. 그는 자신의 부족함이 드러나는 것을 원하지 않는다. 그래서 그는 방어적이고 화를 낸다. 그런 의미에서 이 아이는 붉은색으로 표현되는 에너지를 가지고 있다. 내가 성숙해진다는 것은 내가 평화로움(녹색)을 즐기는 것이고, 이런 즐기는 삶은 성난 어린 자아를 끌어안는 것이다. 이 성난 어린 자아와 춤을 춘다는 것은 나와 화해를 하는 것을 의미한다. 그리고 이는 산타 테레사에서 나에게 다가왔던 어린아이와 화해하는 것이기도 하다.

도움 받은 책

국가 기록원, http://contents.archives.go.kr/next/search/listSubjectDescription.
do?id=003333

권혁범, 『여성주의 남자를 살린다』, 또하나의 문화, 2006

대니얼 레빈슨, 김애순 옮김, 『남자가 겪는 인생의 사계절』, 이화여자대학교출판부, 1996

메리 다피츠, 남학우·김효성 옮김, 『정오에서 해질녘까지』, 성바오로출판사, 2003

문승숙, 『군사주의에 갇힌 근대』, 또 하나의 문화, 2007

박광주, 「관료와 정치권력」, 《정신문화연구》 62호 (1996.04)

박노자, 『나는 폭력의 세기를 고발한다』, 인물과 사상사, 2005

박민희, 「우리 안의 국가주의 "열중쉬엇"」, 《한겨레》, 2001.2.26., (http://legacy.www.hani.
co.kr/section-009100011/2001/009100011200102261934029.html)

손승영 외, 『남성과 한국사회』, 여성한국사회연구회 편, 한국사회문화연구소, 1997

엄기호, 「보편성의 정치와 한국의 남성성」 권김현영 엮음, 『한국 남성을 분석한다』, 교양인,
2017

윌키오, S.J., 황애경 옮김, 『마음의 길을 통하여』, 바오로딸, 2000

이부영, 『자기와 자기실현』, 한길사, 2002

제임스 마틴, 성찬성 옮김, 『모든 것 안에서 하느님 발견하기)』(The Jesuit Guide to Almost
Everything), 가톨릭출판사, 2016,

전인권, 『남자의 탄생』, 푸른숲, 2003

정진일, 『유교의 이해』, 형설출판사, 1997

제주4·3사건진상규명및희생자명예회복위원회, 「제주4·3사건진상조사보고서」, 2003

최태섭, 『한국, 남자』, 은행나무, 2018

프란치스코 교황 교서, 「아버지의 마음으로」

한강, 『채식주의자』, 창비, 2007

한나 아렌트, 『예루살렘의 아이히만』, 한길사, 2006

Borg, M., *Meeting Jesus AGAIN for the First Time*, HarperSanFrancisco, 1994

Carla Mae Streeter, *Foundations of Spirituality*, Collegeville, MN: Liturgical Press, 2013

Cornfeld, M., *Cultivating Wholeness: A Guide to Care and Counselling in Faith Communities*,
New York, 1998

D., Dorr, *Spirituality of Leadership*, Dublin: Columba Press, 2006

D. Lane, *Keeping hope alive: striving in Christian theology*, Mahwah, NJ: Paulist Press, 1996

D. Goleman, et al., *Primal Leadership: Unleashing the Power of Emotional Intelligence*, Boston, MA: Havard Business School, 2013

D. Soelle, *Beyond Mere Obedience*, Tr. by Lawrence W. Denef, Minneapolis, Minnesota: Augsburg Publishing House, 1970

E. Moltmann-Wendel, *I am My Body: A Theology of Embodiment*, New York, NY: Continuum, 1995

Edward Y. J. Chung, *The Korean Neo-Confucianism of Yi Toegye and Yi Yulgok*, New York: State of University of New York, 1995

Erik Erikson, *Childhood and Society*, 2nd ed., rev. and enlarged, New York: Norton & Co, 1964

George Lakoff, *Moral Politics: How Liberals and Conservatives Think*, Chicago and London: University of Chicago Press, 2016

G. Corneau, *Absent Fathers, Lost Sons: The Search for Masculine Identity*, Boston, MA: Shambhala Publication, 1991

J. D. Whitehead, and E. E. Whitehead, *Shadows of the Heart*, New York, NY: Crossroad, 1994

_____, A Sense of Sexuality, New York: Crossroad, 1989

J. Goldbrunner, *Holiness is Wholeness and Other Essays*, Notre Dame, IN: University of Notre Dame Press, 1964

J. Nelson, *The Intimate Connection: Male Sexuality, Masculine Spirituality*, Louisville, KY: The Westminster Press. 1988

James W. Fowler, *Faithful Change: The Personal and Public Challenges of Postmodern Life*, Nashville, TN; Abingdon, 2004

John Shea, Finding God Again: *A Spirituality for Adults*, New York, NY: Rowman&Littlefield Publishers, 2005

_____, Adulthood, Morality, and the Fully Human, Lanham, MD: Lexington Books, 2018

Johnson, Elizabath A., *She Who Is: The Mystery of God in Feminist Discourse*, New York, NY: Crossroad, 1992

Kenneth E. Boulding, *Three Faces of Power, Thousand Oaks*, US: SAGE Publications Inc., 1990

L. Doohan, *Spiritual Leadership*, New York/Mahwha, NJ: Paulist Press, 2007

L. P. Carroll and K. M. Dyckman, *Chaos or Creation*, New York/Mahwah, NJ: Paulist Press, 1986

M. Shawn Copeland, *Enfleshing Freedom: Body, Race and Being*, Minneapolis, MN: Fortress Press, 2009

R. Kegan, *In Over Our Heads*, Cambridge, Massachusetts/London, England: Harvard University Press, 1994

R. Kegan and L. L Lahey, *Immunity to Change*, Boston, MA: Harvard Business Press, 2009

R. Greenleaf, *Servant Leadership: A Journey into the Nature of Legitimate Power & Greatness*, New Your/Mahwah, NJ: Paulist Press, 2002

_____, "https://www.greenleaf.org/what-is-servant-leadership"

Rohr, R., *From Wild Man to Wise Man*, Cincinnati OH: St Anthony Messenger Press, 2005

S. Osherson, *Wrestling with Love*, New York: Fawcett Columbine, 1992

Sandra Schneiders, *Beyond Preaching: Faith and Feminism in the Catholic Church*, Mahwah, NJ: Paulist Press, 2004

_____, *Written That You May Believe*, New York, NY: A Herder&Herder Book, 2003

T. Keating, *The Human Condition: Contemplation and Transformation*, Mahwah, NJ: Paulist Press, 1999

Terry A. Kupers, *Revisioning Men's Lives: Gender, Intimacy, and Power*, New York: Guilford Press, 1993

Vaillant, G., *Spiritual Evolution: A Scientific Defence of Faith*, Cambridge, MA: Harvard University Press, 2008

지은이

김정대

예수회 사제. 1990년 예수회에 입회했고, 2000년 사제 서품을 받았다.

주로 노동문제와 사회정의 문제를 다루는 활동을 했고,

2004~2011년 노동자를 위한 술집 '삶이 보이는 창'을 운영했으며,

요즘은 남성들에게 감성을 일깨워주기 위한 활동을 고민 중이다.